呪われオフェ……子事情
~育てた天才魔術……すぎる~

Oto Nagatsuki
長月おと

Illustration:Kuroyuki
黒裄

Ni NOVELS

CONTENTS

呪われオフェリアの弟子事情
～育てた天才魔術師の愛が重すぎる～

◆プロローグ◆

普通の人間として、朽《く》ちるように死にたい。

この願いがどれだけ難しいか、知っているのは自分だけだろう。


女性魔術師オフェリア・リングは『不老』という呪いを受けている。

銀色に輝く髪は真っすぐ腰まで伸び、やや強気に見える青い瞳はサファイヤのように透き通っている。輪郭はビスクドールのように滑らかなままで、呪いを受けた二十歳の姿から百年以上、変わらぬ美貌を保ち続けている。

それだけを聞いたら、不老は素晴らしい呪いのように思うだろう。

しかしオフェリアにとって不老は、大切な時間と尊厳を奪った忌々《いまいま》しい力だ。

だから孤児を拾った。

呪いを解いてくれる、理想の魔術師を育てるために。

そう……真面目《まじめ》に育てたつもりだった。


「お師匠様、やっと会えましたね。とても……とても幸せです」

カラスの濡《ぬ》れた羽のような黒髪を襟首で軽く束ね、黄金色の瞳を持つ麗しい青年――弟子の魔術師ユーグは顔を綻ばせ、師匠オフェリアに告げた。

十八歳になった弟子の眼差《まなざ》しは、まるで遠距離恋愛中の恋人へ向けるように熱っぽい。

今日は一年ぶりの再会。

確かに懐かしむ気持ちは分からなくもない。

問題は、満席に近いカフェにいるというのに、ふたりだけの世界だと錯覚しそうになる甘い空気が漂っているということ。

断じて、オフェリアとユーグは恋人関係ではない。あくまで師弟関係だと断言できる。

なんせ年齢差は百十もあるのだ。オフェリアの見た目は若くても、中身はとんだ老婆。

ユーグの眼差しの熱さは、強い尊敬の類いに決まっている。

「それは良かったわ」

オフェリアは動揺を隠すようにコーヒーカップを傾けた。口の中に苦みが広がり、甘く疼《うず》きそうだった胸の裡《うち》も少しはマシになる。

と、思ったのはわずか数秒だけ。

「顔が赤かったので熱でもあるかと思ったのですが、大丈夫そうですね。良かった。お師匠様に何かあったら、僕はどう生きたらいいのか」

「……」

またも、弟子としては重すぎる言葉が並んでいるではないか。

ここまで師匠に過保護な弟子はこの世にいるだろうか。

いや、いない。

そう心の中で突っ込むくらいには、弟子が妄信的で献身的すぎる。

「そんなに心配する必要はないわ。大袈裟《おおげさ》よ。私が病気なんてしないのをよく知っているでしょう？」

「知っていますが、それでもお師匠様のことが大切だから……許してください」

ユーグは指先で、先ほどから赤く染まっているオフェリアの頬にそっと触れた。そして眉を下げ、慈しむような眼差しを向ける。

オフェリアの心臓は不本意にも飛び跳ねた。

弟子は見目麗しく、随分と優しい青年に育ったようだ。それでいて魔法学園での成績は、文句のつけようがないほど素晴らしい。

育ての親《オフェリア》としては、本来喜ぶべき成長を遂げている。

だけれど——

(私は理想の魔術師を育てようとしただけなのに、こんな風に立派になるなんて想定外なんだけれど⁉　どこから、こうなってしまったの⁉)

師匠しか見えていない弟子の言葉に、オフェリアは頭を悩ませた。

一章『呪われた魔術師』

オフェリアは平民出身の魔術師だ。

生まれながら才能があった彼女は魔法学園の卒業後、さらなる高みを目指して、難易度の高い仕事を求める旅に出た。

そんなオフェリアが『不老』の呪いを受けたのは、百年前のクレス歴八百五十年。彼女が二十歳のときのこと。

学園を卒業して半年が経《た》ち、新人魔術師として軌道に乗った頃だった。


「オフェリア・リング。よくも、婚約者のギルバート様を奪ったわね！」

とある国の伯爵令嬢クリスティーナが、屋敷にオフェリアを呼びつけるなり怒りをぶつけた。

クリスティーナは金髪碧眼《へきがん》の美しい令嬢だというのに、台無しになるほど顔を歪《ゆが》ませている。

これは相当お怒りだ。

オフェリアは痛くなっていく頭で言い訳を探した。

(好きでもない男に付き纏《まと》われて困っているのに、その婚約者にまで怒りを向けられるなんていい迷惑だわ)

先月、オフェリアは仕事の依頼主に一目惚《ひとめぼ》れされてしまった。

その相手こそ、クリスティーナの婚約者である伯爵家の跡継ぎギルバートだ。

依頼は達成し、もう関わる必要はないのに、ギルバートが一方的にオフェリアに付き纏っている状態。先日は宿を特定し、待ち伏せまでしていた。

(怖くなってすぐに宿替えしたけれど……婚約者がいるのに、私を付け回していたなんて最低。絶対にあり得ない――って、ギルバート様本人に言えたら楽だけれど)

魔術師は稀有《けう》な存在であり、人類の繁栄に貢献するとして重用されている。平民であっても望まない内容であれば、貴族の命令を断っても罰せられない権利を持っていた。

と言っても、相手が伯爵位となれば無下にできない。

面と向かって断れないオフェリアは、身分差を口実にギルバートの求婚から逃げ続けていた。

(ギルバート様に蔑《ないがし》ろにされたクリスティーナ様の怒りは至極当然だけれど、端から見たら可哀《かわい》想《そう》だけれど、私は無実！　責任を取る義務はないわ)

早く浮気の濡《ぬ》れ衣《ぎぬ》を晴らして、解放されたいところだ。

次の依頼を終わらせたら、すぐにギルバートから逃げる――もとい他国へ移動する準備も整っている。

「ご安心ください。私は今まで通り、ギルバート様のお気持ちを受け入れることはございません。自分の立場を十分に理解しております。あと残りの一件を終わらせたら、この国から立ち去ります」

「立ち去るだけ？」

「え？」

ギルバートが諦めたくなるほどの醜態を晒《さら》せというのか。

何も悪くない自分がどうしてそこまで――と、不満を表すように、オフェリアは眉を顰《ひそ》めた。

けれどクリスティーナの目は揺らぐことなく、恨みに染まったまま。

「駄目よ。それだけでは、ギルバート様のお心からあなたは消えない。だってギルバート様ったらオフェリアさんのお顔に夢中なんですもの。知っていて？　彼ったら画家に何枚も絵を注文したのですって。妻になったときを想定して、ドレス姿のあなたの絵を！」

「ひっ」

オフェリアは気持ち悪さで身震いした。

付き纏うだけでなく、脳内で勝手に妻にし、妄想の肖像画をコレクションするなんて怖すぎる。

とんでもない変態野郎ではないか。

するとクリスティーナは立ち上がり、オフェリアの強張《こわば》った頬を両手で包み込んだ。その手は、酷《ひど》く冷たい。

「本当、憎たらしいくらいに美しい顔ね。ねぇ？　オフェリアさんは男性経験がおありで？」

「あ、ありません。魔法に夢中で、まったく」

残念ながら、恋人がいた経験はない。

魔法の勉強が楽しくて、恋愛自体に興味がなかったことを正直に告げた。

「そう！　良かったわ。この美貌と乙女《おとめ》の体さえあれば、ギルバート様は私を一心に愛してくれるに違いないということでオフェリアさん、その顔と体をいただくわね」

怒りの形相から一転、クリスティーナはうっとりとした恍惚《こうこつ》の表情を浮かべた。

「何を、言って……？」

意味が分からない。そんなことは無理に決まっている。そうオフェリアが思った瞬間、背筋に寒気が走った。

突如浮かびがるように、クリスティーナの足元から禍々《まがまが》しい赤色の影が広がった。

彼女の青い瞳も、真《ま》っ赤《か》に染まっていく。

「まさか!?」

オフェリアはクリスティーナの手を振りほどき、迷わず二階の窓を開け放って庭へと飛び降りる。

そして着地するなり、窓に向かって魔法の杖《つえ》を構えた。

「あら、反応がいいこと。でも逃がさないわ。その体は、わたくしのものになるのよ！　この方が魂を取り替えることでね！」

バルコニーには大小ふたつの影があった。

小さいほうはクリスティーナで、大きいほうは人ならざる存在。

オフェリアは、声を震わせながら呟《つぶや》いた。

「悪魔……っ」

それは望みを叶《かな》えると言って人を惑わし、破滅を呼び込む存在。

現れた悪魔の体は人型に近いが肩幅が広いのに対し腰は異常に細く、トカゲのような下半身は小さくてアンバランス。背の高さは目測で人間の四倍以上。頭からは螺旋《らせん》状の角が二本生えていて、鷲鼻《わしばな》が際立つ顔は絵本に出てくる悪《あ》しき老いた魔女のよう。

そんな悪魔はバルコニーからオフェリアを見下ろし、不気味な笑みを向けた。

「我が名はアビゴール。契約者の望みを叶えるため、お前の魂をいただこう」

「アビゴールですって⁉」

悪魔の中でも厄介な相手だと知り、オフェリアは舌打ちをした。

教科書通りなら、アビゴールは上級悪魔。常識的に考えれば、新人魔術師のオフェリアひとりでは倒せる相手ではない。

「クリスティーナ様、今すぐ悪魔を魔界に戻してください！　魂を交換したあと、とんでもない対価を奪われてしまいます！」

上級悪魔は魂の捕食を好む。魂の交換という契約が成立したあと、クリスティーナの魂も奪う可能性が高い。

しかし、クリスティーナは返事をすることなく頭を抱えてバルコニーに座り込んでしまった。

「魔術師よ、契約者に余計なことを吹き込まないでもらおうか」

アビゴールがクリスティーナに何か仕掛けたようだ。

こうしている間に、騒ぎに気付いた屋敷の人間が様子を見に駆けつける。クリスティーナの両親もいるようで、アビゴールの背後から娘の名前を呼ぶ悲鳴が聞こえた。

オフェリア以外の人間は恐慌状態に陥ってしまい、助力は望めそうにない。

「本当に最悪。浮気の怒りの矛先は、私ではなく浮気男に向けなさいよ！」

杖を握る手に力を込め、対悪魔の保護魔法を自身に纏わせる。

「さぁ、魂をいただこうか」

オフェリアを追って、アビゴールがバルコニーから飛び降りた。その瞬間、鋭い牙が生えている口から赤い閃光《せんこう》が放たれた。

オフェリアは分厚い障壁を張ってガードする。

「――っ」

閃光が弾《はじ》け、眩《まぶ》しさでアビゴールが目を閉じた。

すかさずオフェリアは雷撃を繰り出し、悪魔の皮膚を焦がす。ごくわずかな範囲だが、効果はゼロではない。

（対抗できる！　気持ちで負けるな！）

オフェリアは自分を鼓舞し、弱気になりそうだった気持ちを立て直す。

「ほう？　ただのひよっこではないようだ。良い……良い素材だ。これは奪い甲斐《がい》がある！」

「絶対に奪わせないわ。私の体は私のものよ！　何が何でも生き残ってみせる！」

「その威勢はいつまで続くかな？」

「どこまでもよ」

アビゴールが攻撃すれば、オフェリアは自慢の魔力量を惜しむことなく使って迎撃していく。

ふたりの戦闘は激しさを極め、庭では風が吹き乱れ、芝生《しばふ》は抉《えぐ》れ、花が吹き飛び、屋敷の一部は崩れていった。

（苦しいっ！　怖い。嫌よ……私はまだ死にたくない……っ！　オフェリア・リング、しっかりするのよ！）

必死になって悪魔の攻撃を凌《しの》いでいるが、勝てるビジョンが描けない。

味方が現れる気配もない。

魔力はどんどん消費されていき、残りが心許《こころもと》なくなっていく。魔法の連発による反動で目眩《めまい》もしてくる。

せっかく気持ちを立て直したのに、今にも弱気になりそうだ。何度も自分に活を入れながら耐える。

そうして戦いが始まって数時間後――アビゴールの体が黒い霧状に変化した。それはオフェリアに向かってきて、彼女を包み込んで視界を奪う。

「精霊の灯《ともしび》よ、我に集え！」

オフェリアはすかさず光属性の魔法を発動させた。

すると黒い霧は勢いよく霧散し、オフェリアの視界が戻ったのだが……。

「え？」

霞《かす》む目で周囲を見渡すが、黒い霧は悪魔の姿に戻ることなく消えていた。

後ろを振り向いても、やはりアビゴールの姿は確認できない。

「自ら、魔界へ帰った？　こんな幕引きあるのかし……うっ⁉」

突然、激しい目眩がオフェリアを襲う。気を抜くには早いというのに意識が遠のき始めた。

体力の限界を迎えていたオフェリアは目眩に抗《あらが》えず、ふらりと地面に倒れ込む。

屋敷の方から使用人が走ってくるのが見えたが、どんどん視界がぼやけていった。

睡魔とは違う意識の混濁に抗えないオフェリアは、そのまま意識を手放したのだった。

＊＊＊

「オフェリア・リング、君は悪魔に呪われた。残存している魔力量や、傷の治り方を見るに〝不老〟になったと思われる」
最寄りの魔塔——魔術師協会の城に保護されたオフェリアは、目覚めるなり魔塔主から告げられた。

彼女は病室のベッドに座ったまま、啞然《あぜん》と老齢の魔塔主の言葉に耳を傾ける。

三日寝続けていた間、オフェリアの傷が異常な早さで治っていった一方で、魔力量の回復は途中で止まったらしい。

「症状をもとに調べた結果、我々は『不老』と判断した。上級悪魔であるアビゴールは、不老の悪魔。君の魂は穢《けが》され、呪われたらしい。悪魔の痕跡が色濃く残ったまま、薄まる気配がない」

「そん、なっ」

状況が呑《の》み込めず、オフェリアは言葉を詰まらせた。

そんな彼女の耳には、廊下で囁《ささや》かれる他の魔術師の声が届く。

「この街から穢れた魔術師が生まれるなんて」

「悪魔混じりなんて、恐ろしい」

「今は大人《おとな》しいが、いつ悪魔の影響が出てくるか」

魔塔主が「やめんか」と諫《いさ》めればピタリと止まったが、病室に向ける魔術師の視線は疑心と嫌悪に満ちていた。

「ま、魔塔主様。解呪方法はあるんですよね？」

オフェリアは、声を震わせて問いかけた。

ここは、魔術師の英知が集う魔塔のひとつ。

フリーの魔術師に仕事を斡旋《あっせん》するギルド的役割を持ちつつ、新しい魔法の開発や古《いにしえ》の魔法の分析を進める研究所としての役割もあった。

いくつかある魔塔の中でも『知識の塔』と呼ばれるここは、特に魔法の歴史に詳しい。過去の事例に解呪方法が眠っているはずだと、オフェリアは希望を抱いて返事を待った。

しかし――

「解呪方法はない。上級悪魔を相手に生き残った例は少なく、その上呪いを受けた例は数えられるほど。その記録も、呪いを受けた魔術師はすぐに死んでしまったというものばかり。我々でも解呪方法は分からない」

希望が打ち砕かれ、頭が真っ白になっていく。

そんなオフェリアに、さらなる残酷なことが告げられる。

「若き魔術師よ。君は悪魔の印を持っている。この魔塔では保護しきれない。我々ができることは、被害者である君を見逃すことだけだ。すぐにこの街から離れなさい」

「今すぐ、ですか？」

「噂《うわさ》を聞いて、君を実験体にしようとする悪しき魔術師が現れるかもしれない。忌々しい悪魔を倒すのだと、人気取りのために王家が君を処刑する可能性もある。そして私は魔塔主として、ここを守らねばならない。分かるね？」

つまり外部の魔術師ひとりのために、魔塔全体を危険に巻き込みたくないという意思表示。

再び廊下から囁き声が届く。

「悪魔混じりを野放しにするのか？　判断が甘いのでは」

「しかし、我らが魔塔主様の決めたこと」

「呪われていなければ、悪魔を退けた英雄だったのに、なんと不運な」

「私たちに害がなければそれで良いわ。決まったなら早くここから――」

頭を下げ、魔塔に留《とど》まったところでオフェリアに居場所はないらしい。

彼らの視線は濁り、人間に向ける類いではなかった。

「……手当てしていただき、ありがとうございました」

その夜、オフェリアは魔塔主に言われるまま魔塔から出ていった。

何も悪いことなんてしていないのに、どうして呪われなければいけないのか。

一生懸命生き残ろうと頑張っただけなのに、こんな運命はあんまりだ。

今すぐ普通の人間に戻りたい。

「そのためにも、早く解呪方法を見つけないと」

嘆いているだけでは、状況は変わらない。

オフェリアは塞ぎこむことを止《や》め、すぐに解呪のために動き出した。

幸いにも両親と弟は呪われたオフェリアを受け入れ、師匠ウォーレスと弟子仲間は解呪の研究を手伝ってくれることになった。

オフェリアを追い出した魔塔も『不老』を隠して事件を処理してくれたようで、噂が広がる様子はない。実験体として狙ってくる魔術師も、命を狙ってくる王侯貴族もいなかった。

ただ不老というのは、想定していた以上に不便だった。

「オフェリアはどうやって若さを保っているの？　魔法？　羨ましいけれど、ちょっと怖いくらいよ」

偶然会った事情を知らない幼馴染《おさななじみ》が、心配するような視線を送ってきた。なにか悩みがあって、若さに執着していると思っているらしい。

故郷に戻って十五年。シミひとつない顔のオフェリアに対し、幼馴染の顔にはすっかりそばかすが目立つようになっていた。オフェリアの見た目年齢は、その幼馴染の子どもの方に近いくらい。

ゆっくりと、自分が本来の時間から外れていくのを感じた。

幼馴染が心優しい人だからこそ、今は心配程度で済んでいる。しかし、もう少ししたらオフェリアを気味悪く思うようになるだろう。

呪いを疑い、悪魔が原因と憶測し、噂は広がり……いずれ家族に迷惑が及ぶのは目に見える。

オフェリアは解呪のヒントを探す名目で、旅に出ることにした。

そして故郷に戻るときは、変装をして遠い親戚と偽る。人目があるところではオフェリアとして生きていけない時間に、なんとも言えない虚《むな》しさが募る。

それも解呪できるまでの我慢よ――そうやって耐えていたときもあったが結局、師匠や両親、弟も、弟の子どもも先に天に召されてしまった。

時間は残酷にも、オフェリアだけを置いていったのだ。

それでいて、解呪の目途はまったく立っていない。オフェリアをオフェリアと、正しく認識できる人はほとんどいなくなってしまった。

（本当に私だけ何も変わらないなんて、完全に化け物じゃない。だからこそ、やっぱり人間に戻りたい。死ぬときは、みんなと同じ人間でいたい）

大切な人を失っても、解呪への気持ちは揺るがなかった。

オフェリアはひとり、ヒントを探すために旅を続けた。大陸の端から端まで足を運び、野宿なんて当たり前。解呪したい一心で、どこまでも歩き続けた。

しかし今日まで願いが叶うことはなく……気が付けば、百年が経ってしまった。

第二章『弟子を拾いました』

「小皺《こじわ》のひとつくらいできても良いのに」

オフェリアは、ショーウィンドウに映る自身の姿を見て愚痴を零《こぼ》した。

クレス歴九百五十年。先日、百二十歳になったというのに、オフェリアの顔も髪の長さも変わらず百年前のまま。

不老の呪いは時間の巻き戻りタイプのようで、髪や爪を切っても、数時間後には元通りになってしまうのだ。

「怪我《けが》がすぐに癒えるのは便利だけれど、髪くらい好きにさせてほしいわ」

オフェリアは、指で摘《つ》まんだ銀髪の毛先をじっと睨《にら》んだ。

長い髪が邪魔で切った翌朝、元通りに戻っていたときは、勝手に髪が伸びる呪いの人形を思い出して戦慄したものだ。

百年近く旅を続けている身としては、長い髪の手入れが面倒で仕方ない。長さは変わらないくせに、しっかり寝ぐせは付くという悪仕様だから余計に厄介だ。

「もうっ、忌々しい呪いね」

摘まんでいた髪を風に流し、ショーウィンドウの可愛《かわい》らしい服を横目に歩みを再開させる。

旅に合わせて、持っている服は常に動きやすいものばかり。

可愛い服を買っても、オフェリアに着る機会はない。

「呪いが解けたらいつか——と思ったけれど。本当、いつになったら解けるのかしら。少しでも進展があれば良いのに」

容姿だけでなく、魔力の最大量も変化することはなかった。

魔力を使えば、使った分だけ減るといえば減る。そして回復もするのだが、呪われた日以上の魔力量を超えて溜《た》まることはない。

今は、本来の最大魔力量の約三割。

呪いを解くためには魔法実験が必要不可欠だというのに、どの理論を試そうにも弱体化したオフェリアの魔力量では足りない。

中途半端な研究と理論を、ただ山のように積み重ねていくだけ。

そのため、実験に協力してくれる魔力量の多い他の魔術師を探しているのだが、条件が揃《そろ》う相手を見つけるのにも難航している。

呪いに興味を持ってくれる魔力量のある魔術師に限って、人間性に問題を抱えている場合が多いのだ。

その問題というのは、主にオフェリアを『実験体』あるいは『夜の人形』として扱いそうな、偏った趣向の持ち主が何故《なぜ》か多いということ。

『不老の呪いの解き方？　つまり不老の人間が存在するってことだろう？　その人はどこにいる

んだ⁉　あぁ、隅々までこの手で調べつくしたい。君のような美しい女性だったら特に理想的なのだが』

なんて、ニタニタとした顔で言われて平気な人間はいないだろう。

実験体なんて真っ平ごめんだし、夜の人形も到底受け入れられない。

体は人外の存在になってしまったが、人としての常識と矜持《きょうじ》まで失っていない。

解呪のためとはいえ、人間の尊厳まで捨ててしまったら、本当の化け物になってしまいそうだ。

『ごめんなさいね。今言ったこと、私の存在とまとめて忘れてちょうだい』

そう言いながらオフェリアは、相手が変態魔術師と判明するたびに、禁忌ぎりぎりの記憶操作の魔法を用いて逃げている。

その回数が二桁にのぼることから、才能がある魔術師こそ変態の可能性が高いため頼りにくい。

進展のない状況がいつまで続くのか、途方に暮れそうになる。

解呪について調べている過程で『不老』であっても『不死』ではないことが分かった。時間の巻き戻りが間に合わない怪我――つまり即死するような致命傷を負えば、不老の苦しみから解き放たれるのだ。

しかし、自ら命を絶って呪いを終わらせる方法を選ぶ気はない。

オフェリアはきちんと老いて、普通の『人間』として死にたいのだ。

化け物のままで人生を終わらせて堪《たま》るか――と、心が折れそうなときはいつも自分を鼓舞している。

「――あら？　変なところに入ってしまったわ」

考えごとをしていたせいか、いつのまにか裏道に入り込んでしまっていた。

奥の道端には空き瓶と浮浪者が転がり、こちらを窺《うかが》う怪しい視線も複数ある。貧しい人が集まるスラム街のようだ。

オフェリアは踵《きびす》を返して表通りに戻ろうとして――足を止めた。

「なんてすごい魔力なの⁉」

突然、魔法に変換されてない魔力の気配が、どこからかたくさん流れてきた。魔力の濃度も質も素晴らしい。

変態でなければ、是非とも協力を仰ぎたいレベルを有していた。

ただ、周囲を見渡すが魔力の持ち主の姿は見えない。

「離れているのに、ここまで良質な魔力が届くなんて。なおさら魅力的な魔力だわ。捜さないと！」

オフェリアは魔力の流れを辿《たど》って駆けだした。

（どこ？　ここじゃない。あっちは……違う。だったらここは――いた！）

走って数分、怪しい集団を視界に捉える。

オフェリアは建物の死角に身を潜めた。

「手こずらせやがって！　さっさと連れて行くぞ」

「い、いやだ！　やめて！」

「うるさいな！　お前、餓鬼《がき》の口に布を巻け」

三十代ほどの男ふたりが、十歳ほどの黒髪の少年を捕まえようとしていた。

少年の服装は酷くみすぼらしく、周囲に庇う親兄弟は見当たらない。

治安の悪いこの国のスラムでは珍しくもない、人身売買を目的にした子どもの拉致といったところだろう。

（この国なら日常的なことで、助けたところで次の行き場はなく、キリがない……と分かっていても、子どもが苦しむ姿は見ていていい気分ではないわね）

オフェリアが眉を顰めつつ、魔力の持ち主が三人のうち誰なのか探る。

だが三人とも興奮状態で、パッと見ただけでは誰の魔力か判断がつかない。

もう少しじっくり観察したい。そうオフェリアが壁から顔を出したとき――少年の黄金色の瞳と視線がぶつかった。

「助けて！」

少年が叫んだ瞬間、オフェリアは魔法を放っていた。

雷が地面を走り、少年を捕まえようとしていた男たちへお見舞いされる。瞬く間に彼らは白目を剝《む》いて伸びてしまった。

しばらく起きることはないだろう。

「あなたは大丈夫そうね」

オフェリアは歩み出て、腰を抜かして呆然《ぼうぜん》としている少年を見下ろした。

男たちが気絶した今も、良質な魔力が濃く漂い続けている。

(捜していた魔力の持ち主は、この黒髪の少年ね！　最高の魔力だわ)

湧き上がる興奮を抑えながら、オフェリアはもう一度少年をじっくりと観察する。

黒い髪は肩くらいまで伸びてボサボサ、長い前髪の隙間から見える瞳は黄金色。着ている服は土埃《つちぼこり》まみれの雑巾のようで、そこからのぞく手足にはまったく肉がない。

幸運をもたらすという迷信を持つ金の瞳を持っているから、奴隷商に狙われていたのだろうと推察する。

「ねぇ、あなたの名前は？　年は分かる？」

「ユーグ……十歳」

「家族や帰る場所はある？」

「ない」

「今着ている服以外に持ち物はあるのかしら？」

「ううん。これが全部」

見た目通り、スラム孤児のようだ。

つまり、これから学園に通う可能性はほぼない。魔力があっても使い方が分からなければ、宝の持ち腐れになってしまうだろう。

（素質があるのに、このままでは勿体《もったい》ないわ。どうするのが良いかしら。質の高い孤児院に預けるか、魔塔に保護をお願いするか、それで成長したころに会いに行って――）

ふと、考えを中断させる。

少年の魔力量は素質十分でありながら、まだ無垢《むく》な年頃だ。オフェリアを実験体と見るはずがない安全な子ども。

（そうよ！　もっと確実な方法があるじゃない）

閃《ひらめ》きのまま、オフェリアはユーグに手のひらを向けた。

「ユーグに提案があるの。私の弟子にならない？」

「で、でし？」

「えぇ、私は魔術師なの。魔術師というのは魔力という力を利用し、魔法と呼ばれるあらゆる奇跡を起こす人間よ」

「僕に、その力があるの？」

ユーグは瞳を揺らし、オフェリアを見上げた。

オフェリアは自信に満ちた笑みを浮かべる。

「そうよ。しっかりと学び、私の教えを守るなら衣食住を保証するわ」

「いしょく、じゅう？」

「綺麗《きれい》な服に、出来立ての温かい食事、屋根のある寝床を用意してあげる。もう飢えを恐れたり、寒さに苦しまなくても良いようにするわ。魔法の腕を上げて魔術師として成功すれば、お金も名誉も手に入る。自分の力で不自由を感じない、贅沢《ぜいたく》な暮らしを手に入れるのも夢じゃない。魅力的でしょう？　私の弟子にならない？」

理想の魔術師がいないのなら、自分で育てれば良いのだ。

幸運にも、希望の卵は目の前にある。

そして自分には魔術師として百年以上生きてきた経験と知識がたっぷりあった。

オフェリアは、もう一度力強く手を差し出す。

「私オフェリアが、あなたを一流の魔術師にしてみせるわ！　どう？」

「――っ」

ユーグは大きく目を見開いてオフェリアを見上げた。

その黄金の瞳は、見る見るうちに期待に満ちて輝いていく。

ゆっくりと腰を浮かし、やせこけた頬を興奮で赤く染め、引き寄せられるように、か細い手を伸ばした。

「うん。僕、弟子になる」

少年はオフェリアの手をしっかりと摑《つか》んで、そう返事をした。

オフェリアはユーグの手を優しく両手で包み込み、心の中で打ち震える。

（や、やったわ。弟子を手に入れたわ！　これで、危険人物に頼らなくても解呪できる希望が見えてきた。さよなら、変態たちよ！）

弟子ができたのだから即行動だ。喜びに浸っている場合ではない。

「私のことは師匠と呼んでね。さぁ、男たちは放置してここから出るわよ。ついてきて」

オフェリアはユーグの手を引き、意気揚々とスラムの出口を目指した。

（やり切った！）

数時間後、オフェリアは大量のショッピングバッグを宿の部屋の床にどんと置いた。

ユーグに服などの必需品を買ったのだが、最低限と思いつつ揃えたらなかなかの量になってしまった。

（自分のものでなくても、新しい服を買えるのが楽しかったから仕方ないわよね。良い買い物をしたわ）

店員の口車にまんまと乗せられたことを、自分の都合の良いように解釈しつつ、今日から一緒に生活を送る相手にタオルを渡す。

「私は先に荷物を整理するから、先にユーグがシャワーを浴びなさい。すっきりするわよ」

スラムを出たあと、お店に入る前に魔法で軽く汚れは落としたが、きちんと湯で洗い流したほうが良いだろう。

そう思って促せば、部屋をきょろきょろと見渡していたユーグは勢いよく浴室に入っていった。

スラム生活では水浴びすらも難しいはずだ。存分に温かい湯を堪能《たんのう》すればいい、とほくほくとした気持ちでオフェリアは見送ったのだが……数分も経たずに、ユーグは浴室から出てきた。

「随分と早いわね。気持ち良かった？　って、あれ？」

オフェリアは濡れた髪を乾かそうとタオルをユーグの頭に載せ、髪のあまりの冷たさに驚いた。

「お湯は使わなかったの？」

「だって、お湯はお金がかかるって聞いたから……僕、お金ないし」

スラムで生活していた子どもは、普通の生活を知らない。彼らの知識や経験が乏しいのを失念していたことが悔やまれる。

密《ひそ》かに反省しつつ、オフェリアはユーグの毛先を確認する。

「この宿はいくら使っても、追加料金は発生しないわ。好きに使って大丈夫よ。それに浴室にあった石鹸《せっけん》も使ってないわね？　洗髪オイルもあったんだけど？」

「僕が使っても良いの？」

ユーグの目にはわずかな怯《おび》えが混じっていた。親か、司祭からか。使って誰かに怒られたことがある目だ。

オフェリアの胸がぎゅっと痛くなる。できるだけ柔らかい笑みを心掛ける。

「もちろんよ。それも衣食住の約束に含まれているから、好きに使っていいの。近いうちに、ユーグ専用の石鹸とオイルを買おうね。もう一度シャワーを浴び直してきて良いわよ。急がなくて大丈夫だから」

「うん」

ようやくユーグの顔からこわばりが消えた。彼は口元をほんの少し緩め、小さく頷《うなず》く。

「使い方は分かる？　教えようか？」

またユーグが頷いたので、洗面台で簡単に使い方を見せてあげた。

そうして次に浴室から出てきたユーグの体はしっかり温かく、石鹸の良い香りがするようになっていた。タオルで乾かすついでに髪を確認すれば、少しだが艶が出ている。

「きちんと洗えているわね。上手《じょうず》よ。次は私が浴びるから、終わったらご飯にしましょうね」

「うん！」

これまでで一番元気な返事だ。

夕食では、期待通りのいい食べっぷりをユーグは見せた。育て甲斐がありそうだ。

そうして、あっという間に寝る時間を迎える。

「あ、あの、本当に僕が、師匠と寝て良いの？」

一緒のベッドに横になったオフェリアは、互いが床に落ちないよう、ユーグを抱き締めるように身体をくっつけた。

ユーグは、オフェリアの腕の中にすっぽりと入ってしまう。

「むしろ一緒でごめんね。くっつくと寝られないタイプだった？　ベッドがふたつある部屋があれば良かったんだけど、空きがなくって。今夜だけ我慢して」

「ううん。師匠、温かい。寒くないから、我慢じゃ……ない」

恥ずかしそうに、ブランケットに半分顔を埋《うず》めるユーグの仕草がなんとも愛《いと》しい。

「ふふ、なら良かったわ。おやすみ、可愛い私のお弟子さん」

「おやすみ、師匠」

挨拶するなりユーグはあっという間に規則正しい寝息を立て始めた。

オフェリアを信用していることが分かる、安心しきった可愛い寝顔を見せている。

その顔を眺めながらオフェリアは、ユーグから聞いた生い立ちを振り返った。


ユーグは、貧しい平民の家庭に生まれた。

父親はギャンブルに溺れ賭博場に通い、母親はお酒ばかり飲んでいて家事もしない。一人っ子のユーグは、家の中でほとんど放置されていた。

賭けに負けた父親や、酔った母親からときどき暴力を振るわれることはあったが、パンだけはしっかり与えてくれていたような気がする——とユーグ本人は、朧《おぼろ》げに語った。

記憶が曖昧なのは、両親と一緒にいたのが五歳ごろまでだったからだと思われる。

ある日孤児院を運営しているという司祭が家を訪れ、両親に金貨一枚を見せて何かを告げた。

すると両親は、迷うことなくその場でユーグを司祭に引き渡したという。

そして連れていかれた孤児院は、家よりも劣悪な環境だった。一日中、休むことなく内職をさせられ、与えられる食事は両親のところにいたときよりも少なくて質も悪い。

個人の部屋もベッドもなく、床に寝そべって夜を明かす日々。

他の子が熱で倒れても、大人たちは誰も見向きもしない。やせ細った体力のない子どもは何人も亡くなっていった。運よく回復して成長しても、待っているのはさらに厳しい労働。

このまま孤児院にいては死んでしまうと思ったユーグは、より辛《つら》い仕事を割り振られるようになる十歳を目前にした春、司祭らの目を盗んで脱走した。

そうしてスラムの路上で生活して半年ほど過ぎた今日、オフェリアと出会ったのだった。


オフェリアは、腕の中で深く眠る弟子の頭をそっと撫《な》でる。

（まだこんなに小さいのに、今まで頑張って生きてきたのね。ユーグ、偉いわ）

親に売られ、孤児院という名の裏組織に搾取された子どもはたいてい無知だ。

外の世界も知らず、状況の悪さに疑問も抱かず、逃げるという発想すら浮かばない。

洗脳に近い環境下で、生きるために行動を起こしたユーグの姿勢は称賛に値する。

誰にも頼れないスラムで、今日まで生き抜いたことから賢い子ということも分かる。

『オフェリア、師匠というのは弟子のために最善を尽くすものだ。家族のように大切にするのは当たり前だよ』

オフェリアの師匠ウォーレスの言葉が脳裏に蘇《よみがえ》る。

この言葉は、不老になったことで迷惑をかけることを詫《わ》びたオフェリアを救ってくれた大切なものだ。

ウォーレスは弟子の悲しい気持ちに寄り添い、解呪のため熱心に研究をし、たっぷりの愛情を注いでくれた。

オフェリアはそんな師匠を尊敬している。

弟子は師匠を見習うものだ。

今回は勢いで弟子を取ったが、無責任な育て方は尊敬するウォーレスの教えに反する。師匠をこれ以上悲しませることはできない。

オフェリアは、師匠のようにユーグを大切に育てようと誓う。

(魔術師としてだけでなく、ユーグを人間としても立派にしてみせるわ。文字の読み書きはもちろん、普通の生活の仕方、大陸の国や街のこと、身分制度、言葉遣い、生活のことも色々教えていかないと。そのためには……っ)

過去の嫌な記憶が一瞬頭の中を過《よぎ》るが、ユーグの寝顔を見たら吹き飛んでしまう。

オフェリアの覚悟は、すぐに決まったのだった。

＊＊＊

弟子を迎えた翌月、オフェリアはユーグを連れて、国境を越えた街に足を運んでいた。

辺境の地にある田舎《いなか》街だが、隣国と王都を結ぶ貿易街道の途中にあるため、程よく活気がある。

露店のある通りには物珍しい商品が並べられ、思わず引き寄せられそうになってしまう。

しかしオフェリアは誘惑をぐっと堪《こら》えて、軽快な足取りで裏道に入っていった。

「もう少しだと思うんだけれど。ユーグ、足は大丈夫？」

「うん！」

伸びっぱなしだった黒髪をさっぱりと整え、少し肉がついてきた弟子は元気に返事をした。顔色は良く、疲れを我慢している様子はない。

オフェリアは小さくホッと息を吐きながら、地図を広げて奥へと歩いていく。

歩くこと数分、裏道から抜けたオフェリアは目的の場所を見つけてニッコリと笑みを浮かべた。

「ユーグ、ここが私たちの新しい家よ！」

オフェリアは、閑静な住宅街にある大きな集合住宅の前で宣言した。

一軒家感覚で住めるメゾネットタイプで、白い石造りの立派な佇《たたず》まい。赤い玄関扉が可愛らしく、小さいがベランダ付き。日当たりも良さそうだ。

（実物を見るのは初めてだけれど、なかなか素敵じゃない）

これからオフェリアは、ユーグとともにこの街で暮らすつもりだ。

旅をしながらでは、普通の人間の暮らしを学ぶのは難しい。そう考えたオフェリアは、ふたりで住める家を購入したのだった。

(腰を据えて一か所に留まるなんて、何十年ぶりかしら。ユーグの学びの妨げにならないよう、老いない顔のことを上手く誤魔化《ごまか》しながら生活しないと)

あまりにも容姿が変わらないオフェリアは数年以上留まると、周囲の人から気味悪がられ、避けられるようになる。

それだけならまだマシで、不老を知られ、欲深い王侯貴族や魔術師に狙われたら面倒だ。実際に捕まりかけて恐怖を味わったことが二度ある。

もうあんな面倒は懲り懲りだ。

だから長く同じ土地に留まるようなことは避けていたけれど……ユーグを理想の魔術師へと育て上げるためなら、過去の嫌な思い出くらい我慢できる。

そう腹を括《くく》る師匠の隣でユーグは、こぼれそうなほど目を見開いてアパートを見上げていた。

「こんな立派なところに住むの？　師匠と僕の、ふたりで？」

「どうかしら？　私は素敵だと思うんだけれど」

事前に下見もせず、入居者募集中の紙だけを見て決めたが当たり物件だろう。ふふん、とオフェリアは鼻を高くする。

それでも、ユーグはまだ喜んでくれない。

「好みじゃなかったかしら？」

「ううん！　そうじゃなくて……お金大丈夫？」

「あら、そんなこと心配してくれていたの？　ここは田舎で安い方だったから大丈夫。借金もしてないわ」

「師匠って、すごいんだね！」

「まぁね」

実をいうと、オフェリアはなかなかのお金持ちだ。

呪いの元凶となったクリスティーナの両親から「娘の所業を言いふらさないでほしい」と願われ、事情を知っている例の魔塔主経由で、口止め料と慰謝料がたっぷり送られてきていた。

それでいて、旅の途中でもいくつか依頼をこなして稼いでいる。新居の費用を払っても、総資産の半分も減っていない。

ちなみに悪魔を召喚した本人クリスティーナは、急病による療養を表向きの理由にして、魔塔の地下牢《ろう》に監視付きで収監されたらしい。

だが、結局クリスティーナは悪魔の影響を受けていなかったようで、六十歳でその生涯を閉じたと聞き及んでいる。

（普通に老いて死ねるなんて、なんて羨ましいのかしら。私はまだ悪魔の呪いで苦しんでいるの

に、先に人生から解放されるなんて）

街道に、冷たい秋風が吹く。

オフェリアの銀髪が靡《なび》き、露出したうなじがひやりとした。

ずるい。どうして私だけ――というドロドロとした感情が顔を出し、体だけでなく心の温度も下がっていくようだ。

「師匠」

オフェリアのローブの袖がつんつんと引っ張られた。

ハッと横を見れば、ユーグが目を輝かせながら彼女を見上げていた。

早く家の中を見たくて仕方ないようだ。これからの生活が素晴らしいものになるという、期待の大きさが窺える。

そんな可愛い弟子の顔を見たら、沈みかけていた気分が浮上していった。

（そうよ、呪いを解けば良いのよ。だって私は、希望に満ちた子を弟子にしたんだもの。普通の人間に戻れるはず。そのためにも、まずはユーグを立派な魔術師に育てることに集中しないと！）

気を取り直したオフェリアはポケットから鍵を取り出し、玄関の扉を解錠した。

ギィッと少し音を軋《きし》ませながら扉を開けば、広々としたリビングがあった。その奥にはキッチン、玄関のすぐ脇には二階へと続く階段がある。床板も壁も状態はよく、ますます良い買い物をしたとオフェリアは自画自賛した。

「すごく広い……けど、何もない」

ユーグがまた目を見開いた。宿のように家具が備え付けだと思っていたらしく、すっからかんの家に驚いたようだ。

「ふふ、家具はこれから自分たちで並べるのよ」

オフェリアは家具のイラストが描かれたカードを取り出した。

これは収納魔法のひとつで、カード一枚につき家具ひとつを閉じ込めたもの。

魔術師の技量にもよるが、これを使えば大きな物も重い物も、どんなに数があっても軽々運べる。もちろん応用すれば服も本もカードに収納できてしまう便利な魔法だ。

オフェリアはカードの束から、数枚ユーグに手渡した。

「これがユーグの部屋に置く家具よ。基本的な物は用意してあるけれど、追加でほしい物があったら相談してね」

「僕の部屋があるの？」

「当たり前じゃない。部屋もこの家具も、私に気にせず自由に使って良い、ユーグだけのものよ」

「――僕だけの」

分かりやすくユーグの顔が緩んでいく。カードを大切そうに抱き締め、オフェリアを見上げた。

「師匠！　僕、魔法の勉強頑張る！」

「嬉《うれ》しいわ。一緒に頑張ろうね。ということで、そのためにも日が暮れる前に部屋作りを終わらせないと。きっと素敵な家になるわよ」

「はい！」

玄関で突っ立っていたふたりは顔を見合わせニッと笑うと、意気揚々と家の中に入っていった。

第三章『師弟の日常』

ユーグを拾って、まもなく四年。

「オフェリアさん、今日はりんごをサービスしとくよ」

馴染《なじ》みの青果店で支払いをしていると、店主の息子がオフェリアのバスケットにりんごを四個追加した。

店主の息子は二十代半ばのしっかりとした体躯《たいく》の青年で、よくサービスしてくれる。が、なぜか今回は数が多い。

オフェリアは軽く瞠目しながら、店主の息子を見上げた。

「こんなにいただくなんてできません」

「お礼だから、気にしないでよ。先日りんご農家に出没していた熊を倒したんだって？　そこの親父さんが〝このりんごは偉大なる魔術師のオフェリアさんのお陰で収穫できたんだ〟って言っていたよ。農家が収穫できなければ商売できない、うちの店からも感謝の印」

そう言って青年は、さらにりんご一個を上乗せした。

後ろでは父親である店主も笑みを浮かべて頷いていることから、問題はないようだ。

「私は依頼をこなしただけなのですが。でも、遠慮なくいただきます。ありがとうございます」

この街に移住してもうすぐ四年経つが、街の人との関係は良好と言えるだろう。

容姿がまったく老化しないことを指摘されるときもあるが、美容の魔法の研究で若作りをしているということにしている。

興味を持った女性に美容魔法をかけてほしいと求められることはあるが、「自分以外には失敗することが多く、その場合ずっと紫色の肌になる」と伝えればみな諦めていった。

ちなみにオフェリアの公開年齢は、実年齢から百を引いた二十四歳という設定。

今のところ周囲から気味悪がられることなく、平和な日々を過ごしている。

バスケットの中のりんごを見ながら、オフェリアは顔を緩ませた。

「そのままでも美味《おい》しそうだけれど、たくさんあるから久々にアップルパイでも作ろうかしら」

「オフェリアさん、お菓子も作れるの？」

「一応、ですけど」

百年以上も生きていたら、菓子も作れるようになっていた。という程度なので、職人ほどの腕ではないと、オフェリアは遠慮がちに頷く。

しかし、店主の息子にその謙遜は通じなかったようだ。

「すごいですね。料理上手と噂のオフェリアさんのアップルパイ、きっと美味しいんだろうなぁ！」

「いえいえ、普通ですよ。噂は噂です」

「そうかな？　オフェリアさんが作ったというだけで、なんでも美味しくなりそうですけれど

「……あのさ」

店主の息子は、人差し指で頬をかきながら言葉を区切った。そして「えっと」「その」と小さく呟き、意を決したようにオフェリアの青い目を見た。

「オフェリアさん！　今度俺に――」

「お師匠様、買い物はここが最後ですか？」

割り込むように横からにゅっと手が伸びてきて、オフェリアが抱えていたバスケットが浮いた。

そのバスケットは、声をかけてきた黒髪の少年の手に渡る。

成長した彼の背はオフェリアより少し高くなり、学園のシンプルな制服をさらりと着こなしている。顔立ちは柔らかな印象が強く、瞳は美しい黄金色。

オフェリアの愛弟子《まなでし》ユーグが、いつの間にか隣に立っていた。

「ユーグ！」

「お師匠様、お疲れ様です」

ユーグは目を細め、顔を綻ばせた。

魔法なんて使ってないのに、キラキラと眩しい。今日も弟子が可愛い。

オフェリアの顔も緩んでしまう。

ただ、今日もユーグの息が少し上がっている。キラキラして見えるのも、額にわずかに浮かぶ汗が反射しているせいかもしれない。

「また学園から走ってきたの？」

「今日は買い出しの日ですから、お手伝いしたくて。本当、間に合って良かったです」

ユーグは笑みを保ったまま、店主の息子に意味ありげな視線を向けた。

店主の息子はわずかに瞠目してから、ぎこちない笑みを浮かべる。

「ユーグ君は、相変わらずオフェリアさんにべったりだなぁ？」

「弟子ですから。お師匠様のそばにいるのは当然じゃないですか。魔法を教えてくれて、ご飯も作ってくれる優しいお師匠様のためなら、些細《ささい》なことも手伝いたいのです。ということで失礼します。行きましょう、お師匠様」

ユーグは店主の息子に軽く頭を下げると、さっさと歩き出してしまった。

オフェリアは「りんご、ありがとうございました」と告げてユーグを追いかける。

（もう、ユーグったら大人の男性には相変わらず塩対応ね）

ユーグのことは、とても良い子に育てられているとオフェリアは自負している。

彼はオフェリアを困らせるような我がままは言わず、他人を揶揄《からか》うようなイタズラや悪さもせず、きちんと約束は守る。

その上、感心するほど勤勉で、魔術だけじゃなく学園の基礎学習も怠らない。学園での成績は良く、周りの子より大きく遅れて勉強を始めたとは思えないくらいに優秀。丁寧な言葉遣いも上手になった。

はじめこそユーグは孤児と軽視され、学園の同級生からいじめにあうこともあった。オフェリアが間に入らざるをえないほど、一時は酷い有様だった。

しかし今はもう、ユーグを馬鹿にする人間は学園にいない。

むしろ最近は、背が伸びて整った顔をしていることもあって女子生徒からの人気が上昇中……と、先日の保護者会で耳にしたくらいには、立場が良くなっているようだ。

だというのにユーグは慢心することなく、師匠の手伝いのために学園から走って帰ってくるくらい純粋なまま。何も言わずに重いバスケットを持つところは、紳士的で素晴らしい。

そう、難点は大人の男性――特に二十代から三十代の男性に対して警戒心が強いところだ。

(酷い扱いをしてきた孤児院の管理者も男だったと聞くし、ユーグを連れ去ろうとしていた奴隷商人も三十代くらいの男だった。その世代の男性が苦手なんでしょうね)

怖い思いをして芽生えたトラウマが原因なら、強く叱《しか》ることはできない。

オフェリアは眉を下げながら、隣を歩くユーグに微笑《ほほえ》みを向けた。

「優しい人だから、あまり睨まないであげて。ほら、ユーグの好きなりんごもたくさんサービスしてくれたのよ」

「……だからですよ」

ユーグはボソッと弱々しく呟いた。オフェリアが「どういうこと?」と投げかければ、バツが悪そうに視線を逸《そ》らす。

「僕が未熟なだけです。ごめんなさい。次からは気を付けます」

拗《す》ねながらもきちんと反省するなんて、この年頃では立派なほうではないだろうか。

十四歳といったら思春期の真っただ中。反抗的な態度になり親と口を利かないのはもちろん、暴言を吐いても不思議ではない複雑な年頃だ。これくらいの不機嫌さは可愛く感じる。

オフェリアは自分より高い位置にあるユーグの頭を軽く撫で、無言で褒めた。

ユーグも黙って受け入れる。

そうしてふたりは今日も並んで帰路についた。

家に帰ると、オフェリアは夕食の準備を始め、ユーグはリビングで魔法の本を読みながら夕食を待つ。

ユーグにも自室はあるが、分からないところがあったらすぐに質問するために師匠の近くで読みたいらしい。

頼られるのは師匠として嬉しい。

勉強熱心な弟子の成長のために、オフェリアも料理に熱が入る。味見をして、シチューの出来栄えに頷いた。

テーブルに用意すれば、ユーグのスプーンは真っすぐシチューに向かう。

「やっぱりお師匠様が作るシチューはお店より美味しいです」

そうユーグは至福のため息を零しながら、どんどんシチューを胃袋に収めていくではないか。

成長期ということもあって勢いのある食べっぷりはもちろん、好き嫌いなく何でも美味しいと言ってくれるのはオフェリアとしては有難い。

「ふふ、ありがとう。おかわりあるからね」

「やった！」

弟子の無邪気に喜ぶ顔、満点。

（自画自賛ってわけじゃないけれど、ユーグと出会ってからのごはんは本当に美味しいわ。警戒しなくてもいい、親しい人と食べる食事はやっぱり素敵ね）

この時間を愛しいと思う。

百年かけて徐々に失った温《ぬく》もりが、蘇るようだ。

抱えていた孤独感が埋まっていくようにも感じる。

（神様、素敵な巡り合わせをありがとうございます）

ユーグと出会えた奇跡に感謝しながら、オフェリアは食事を続けた。

そして食後に順番にシャワーを浴びたら、それぞれの自室で自由に過ごすのが日課だ。

オフェリアは過去に集めた情報を読み直して、整理することが多い。重要なヒントには印をつけ、弟子が理解しやすいよう別のノートに書き記したりしていた。

オフェリアが不老の呪いを受けていることは、すでにユーグにも話してある。

解呪の手助けをしてほしいことも含めて、百年以上生きていることも全部。

そのときのユーグは悪魔の呪いを恐れることもなく、話を疑うこともなく――

『次は僕がお師匠様を助ける番ですね』

と、微笑んだのだった。

目標が定まったからなのか、使命が与えられたことが嬉しいのか。期待を一身に背負った彼は、寝る間も惜しんでますます勉強に励むようになった。

解呪のヒントを探す旅を中断し、研究に進展がないにもかかわらずオフェリアの心に余裕がある。

真面目な弟子が、オフェリアに希望をもたらしてくれているからに違いない。

（ユーグは私の希望。どんどん輝けるよう後押ししたいけれど……成長期なんだから、少しは自身の体を労わってほしいところね）

ふとユーグが気になり、オフェリアは自室を出て廊下に出た。

すると間もなく日付が変わる時間だというのに、ユーグの部屋の扉の下からは光が漏れているのが確認できた。

「やっぱり起きてる」

オフェリアは一階に降りてホットミルクと蜂蜜を用意すると、ユーグの部屋の扉をノックした。

ユーグはすぐに顔を出して、オフェリアの手元を見て表情を明るくさせた。

「僕にですか？」

「ええ、これを飲んでそろそろ寝たほうが良いわ。それとも分からないところがあるなら教えるけれど、大丈夫？」

「ありがとうございます。夢中になって時間を忘れていただけです。もう寝ます」

ホットミルクと蜂蜜が載ったトレーがユーグの手に渡る。

このときオフェリアは、さりげなく部屋の中を覗《のぞ》いた。机の上に本が山積みということ以外、きちんと整理整頓されている。

半年前からユーグが扉の前で出迎えるようになり、なんとなくオフェリアはユーグの部屋に入れていない。以前はよく部屋で徹夜に付き合っていたが、二年ほど前から徹夜の場所はもっぱらリビングばかり。

ひとりで片付けはできているのか、少し気になっていたが杞憂《きゆう》だったようだ。日に日に手がかからなくなっているのを実感する。

（こうやって子どもは親から自立していくのね）

ほんの少しの寂しさを抱きつつ、ホクホクとした気持ちでオフェリアはユーグの頭を撫でた。

夕方と同じく、ユーグは黙って受け入れる。

拗ねているような、喜んでいるような、なんとも言えない表情が面白い。

「ふふ、おやすみ」

「お師匠様、おやすみなさい」

オフェリアは、軽い足取りで自身の部屋へと戻っていく。

愛弟子が、彼女が部屋に入るまで真剣な眼差しを向けているのに気付かないまま。

＊＊＊

週に一日だけ、ユーグの学園の休みがある。この日は街の郊外にある森に入り、家の中ではできない魔法の実践練習をするのが定番だ。

木の上に実っている拳《こぶし》サイズの果実を狙って、オフェリアが魔法を放った。

風の刃によってヘタが断たれ、手元に落ちてきた果実に傷はひとつもない。

「さぁ、ユーグもやってみて」

「はい！」

ユーグは果実に手のひらを向け、師匠を真似《まね》て風の刃を放った。

しかし魔法は果実に当たってしまい、真っ二つになった実の片割れが手に落ちる。

「お師匠様のようにはいかないですね」

ユーグは果汁で濡れてしまった手を残念そうに見ながら苦笑した。

とはいえ、魔法を習い始めてまだ四年程度。ここまでできれば優秀だ。

「魔法を練り上げるスピードは遅くないし、魔力の練度は申し分ないわ。惜しかったわね」

ユーグの手に落ちた果物の断面は、研ぎたてのナイフで切ったかのように滑らか。種まで抵抗なく分断されていた。

魔力のコントロールが少しでも甘ければ、こうはならない。日々の努力の成果が表れている。

「さすが私の自慢の弟子ね」

そうフォローすれば、ユーグの顔に笑みが戻った。

「もう一度やらせてください」

気を取り直した弟子は、再び果実を狙って魔法を放っていく。

もちろん二度目も失敗。それでも繰り返していくうちに精度が上がり、持ってきたバスケットがいっぱいになる頃には、無傷の果実がいくつか獲れるようになっていた。

「休憩にするわよ」

適当なところで腰を下ろして、果実の皮と種をナイフで取り除く。木製のコップに入れて魔法で攪拌《かくはん》すればジュースのできあがり。

この魔法も、魔力コントロールの精度を上げるのに良い訓練だ。

ジュースは持ってきたパンと一緒に昼食として飲むことにする。

相変わらず、ユーグの食べっぷりは最高だ。オフェリアの隣で黙々と頬張っている。

自分も若い頃、師匠とこうして食べたわね——と、懐かしさで「ふふ」と笑みを零した。

「お師匠様?」

「ごめん、ごめん。私の師匠と過ごした昔を思い出してしまって」

「お師匠様の師匠って、どんな方だったのですか？」

「そう言えばあまり話したことがなかったわね。ウォーレス師匠はとても素敵な方よ。包容力のある性格で、魔法を教えるのも上手で、攻撃魔法が得意。ダンディで紳士的な魔術師だったわ。今でも最も憧れている魔術師と言い切れる」

ユーグへの魔法の教え方は、完全にウォーレス師匠を真似ている。

ウォーレス自身が積極的に魔法の手本を見せ、弟子が課題に成功すれば全身全霊で褒め、失敗したら成功するまで根気強く付き合う。普段の生活も、弟子が学びやすい環境を最優先させる。大好きな師匠だった。

褒めるときも、慰めるときも、力いっぱい抱きしめて寄り添ってくれた。

そんなウォーレス師匠の最期の言葉は「どうか諦めないで。笑顔で逢《あ》える日を、先に天に行って待っているよ」というもの。

(ウォーレス師匠は待ちくたびれていないかな？)

オフェリアは空を見上げ、浮かぶ雲にウォーレス師匠の笑顔を重ねた。

「先に練習を再開しますね。次はどんな練習が良いでしょうか？」

いつの間にか、ユーグは昼食を食べ終えていた。そんな彼の黄金色の瞳はやる気に満ちていて、けれどどこか少し焦っているようにも見える。

「もっと休んでも良いのに」

「お師匠様の話を聞いたら、ウォーレス様のように早くなりたくなってしまって」

「あら！　目の前の師匠より、他の魔術師に憧れるなんて妬《や》いちゃうわね。寂しいわ」

「あ、いや、一番はお師匠様です！」

拗ねた表情を浮かべてからかってみれば、ユーグは顔を赤くしながら慌てて釈明した。

純粋な弟子が本当に可愛い。けれど、やりすぎて嫌われたら困る。

「冗談よ。焦らなくても、ユーグは立派な魔術師になれる素質が十分にあるわ。私が保証する」

「でも、もっと……もっと魔法が使えるようになりたいんです。早く、お師匠様の呪いを解きたい。僕の手で、解きたいんです」

ユーグは体の横で拳を作り、決意したように言葉尻を強めた。

ウォーレスが亡くなってから、オフェリアの呪いを解こうと、こんなにも熱意を露《あら》わにしてくれた人はいただろうか。

解呪の難しさから、少なくとも「自分が解く」とまで宣言してくれた魔術師はいなかった。

（なんて師匠想いの弟子なのかしら）

鼻の奥がツンとしてしまう。

でも、この嬉しさをユーグに知られるのは気恥ずかしい。平静を装って微笑みを浮かべる。

「ありがとう。じゃあ、空になったコップに一滴ずつ水を落としていって。これくらいの大きさの雫《しずく》を、一秒に一滴のリズムでね」

指先から三滴、オフェリアは自分のコップに水の雫を落としてみせた。

大量の水を生み出すより繊細な魔力コントロールが求められる、難易度の高い魔法。

果実を落とした風の魔法をマスターしてから教えるつもりだったが、弟子の熱意に触発され、思わず難しい魔法を教えたくなってしまった。

「分かりました。やってみます」

ユーグは一度上げた腰を大地に下ろし、コップの上に人差し指を出した。すぐに雫が落ちるが、オフェリアの見本より少し大きい。

「指先の魔力を急に絞るのではなくて、肩から指先にかけてゆっくり魔力の流れを細くしていきなさい。バランスよく、均等に」

「は、はいっ」

やはりまだ難しいらしい。ユーグは指先を小さく震わせながら大小の雫をコップに溜めていく。

もちろん、リズムはバラバラだ。

それでもユーグの表情は溌剌《はつらつ》としていて、新しい魔法を覚えられることを喜んでいるのが分かる。

頑張りすぎる傾向があるユーグのことはときどき心配になるが、どれだけ力が伸びていくか楽しみなのも事実。

最初はウォーレス師匠の教えに従って弟子を育てていたが、今は純粋に、自発的にユーグに尽くしたいと思っている。

自分の手で弟子の才能を開花させてあげたい、と願っている。

(ウォーレス師匠もこんな気持ちだったのかしら？　弟子を育てるって楽しいのね)

ウォーレス師匠のことを思い出して切なくなった気持ちも、今は温かい。

迷惑をかけたことで、オフェリアを弟子にしなければ……とどこか悔いていたら――なんて、一瞬でも師匠を疑ってしまって恥ずかしい。

弟子のためなら、師匠は自然と尽くしたくなるのだと、オフェリアは身をもって学んだ。

第四章『才能の芽』

それから二か月後の休日の朝。

「お師匠様、これ受け取っていただけますか？」

朝食の片づけを終えてリビングで一休みしていたオフェリアの前に、そわそわとした様子のユーグが立った。

少し照れ臭そうな笑みを浮かべた弟子の手には、氷でできた美しい薔薇《ばら》が一輪だけ載せられている。

花びら一枚一枚が薄い氷でできていて、光を浴びてキラキラと輝いていた。その繊細な造形は、オフェリアでも息を呑んでしまうほど。

水属性と氷属性のふたつの魔法を、同時に上手く制御しなければ完成できないものだ。

「氷の薔薇ね。凄《すご》いじゃない！　いつできるようになったの!?」

「夜、部屋で練習していたんです。ギリギリ間に合いました。その……四年前の今日、僕を拾ってくれて、魔法を教えてくれてありがとうございます。受け取ってくれますか？」

一年目は似顔絵、二年目はメッセージカード、三年目は一日の全ての家事炊事をユーグが請け負い、そして今年は氷の薔薇ときた。

毎年バリエーションを変えてくるユーグの健気《けなげ》さがくすぐったい。

「もちろん。喜んで――っ⁉」

満面の笑みを浮かべて受け取った瞬間、オフェリアは氷の薔薇の異様さに言葉を詰まらせた。

氷でできているはずの薔薇が冷たくない。しかも触れた部分は水になって溶ける様子もなく、さらりとした手触りをしている。

こんな魔法、オフェリアは知らない。声が震えないよう努めて問いかける。

「何をしたの？」

「少しの時間しか継続できませんが、時間停止の魔法を重ねてみたんです。お師匠様がまとめてくれた呪いの資料からヒントを得て、応用してみました」

「応用って……どこの部分？　継続時間は？」

「不老の原因が時間の巻き戻りによる、ってところです。いくつか記載されていた魔法定理を順番に試していたら、ひとつ成功したので使ってみました。水滴をコップに落とす魔法の練習のお陰でできるようになったのですが、今は一時間くらいが限界です」

その魔法定理は、信頼を置いている魔術師でも理解するまでに時間を要した部分だ。その上、理解したとしても発動の難しさから、検証を進められずにいた魔法のひとつ。

それを十四歳の少年は一時間も継続できると言った。

オフェリアは感動のまま、ユーグを抱きしめた。

「ユーグは天才だわ！」

「お、お師匠様⁉　その、あの！」

「練習頑張ったのね！　こんな素晴らしい薔薇と成長した姿を見せてもらえて嬉しいわ」

戸惑うユーグに遠慮することなく、オフェリアは氷の薔薇を持っていない方の手で弟子の頭を撫でた。

全身全霊で、弟子の努力とその成果を褒める。

すると珍しく、ユーグがそっと優しい力でオフェリアを抱きしめ返した。

「お師匠様が喜んでくれて嬉しいです。頑張って良かった」

「ご褒美に、今夜はユーグの好きなものを食べようね。何が良い？　なんでも作るわよ」

「お師匠様が作ってくれたものはなんでも好きです」

「遠慮はなしよ。私たちの仲じゃないの」

体を離したオフェリアは、ユーグの目をじっと見つめて圧をかけた。

ユーグはほんのり赤くなった顔を逸らす。

しかしそのままオフェリアが答えを引き出そうと見つめれば、相手の眉が下がった。

「ハンバーグ……です」

言ってから子どもっぽいメニューを答えたことが恥ずかしくなったのか、ユーグはそそっとオフェリアの腕から抜け出した。

オフェリアは愛弟子の照れている様子が可愛くて仕方ない。思わず肩を揺らしてしまう。

「大好きな弟子のために今日は頑張ろうかしら。特別にチーズ入りにしてあげる」

「た、楽しみにしています。では僕は部屋に戻ります」

からかいすぎたのか、ユーグはさらに顔を真っ赤にして二階に続く階段を駆け上がっていった。

「本当、可愛いわね」

オフェリアはリビングのソファに腰掛け、改めて氷の薔薇を眺めた。

魔力の制御に新しい発想。薔薇の再現度。

どれをとっても、素晴らしい以外の言葉が見つからない。

「腹を括《くく》るときが来たかしら」

ユーグとの生活はとても楽しい。

弟子というよりは我が子、いや年の離れた弟のような存在で、魔法だけでなく伸びていく身長や低くなっていく声など、ユーグの成長を間近で見られることを嬉しく思っている。

だが今日、ユーグはオフェリアを超える才能を持っていると確信してしまった。

(ウォーレス師匠、弟子を育てるには師匠の成長も必要なんですね)

静かなリビングでオフェリアは、氷の薔薇が溶けて消えてしまうまで見つめていた。

＊＊＊

「ユーグ、ルシアス魔法学園に入学しなさい」

数日後、オフェリアはダイニングテーブルに学園の資料と願書を広げ、正面に座るユーグに告げた。

ユーグは顔を強張らせ、資料を手にすることなく躊躇《ためら》いがちに口を開く。

「ルシアス魔法学園と言えば、大陸最高峰の魔法学園ですよね？　そこは全寮制と聞きます」

「そうよ。試験は半年後と近いけれど、あなたの実力なら合格できるはずよ。合格したら朝から晩まで、好きなだけ魔法の勉強ができるわ。学費や生活費はすでに準備してあるから心配無用よ」

ルシアス魔法学園は、オフェリアも通っていた魔術師を育てる専門の学園だ。

大陸中から将来有望な魔術師の卵が、高度な教育を求めて集まってくる。そんな生徒を抱える教師陣の実力もかなり高いと、卒業生のオフェリア自身がよく知っていた。

賢いユーグなら、入学の重要性を理解しているはずだ。日々、魔法の技量をあげることに余念がない弟子なら喜んでくれる。

と思っていたのに、ユーグはテーブルに置かれたパンフレットを見つめたまま。その顔色は倒れそうなほど白い。

「ユーグ？」

「いやです。僕は、お師匠様から離れたくありません！」

ユーグの荒らげた声が、ダイニングにこだまする。

しかも想像もしていなかった、幼稚にも聞こえる理由。

「離れたくないって」

ユーグと同じように魔法学園の進学を話された、当時十五歳だったオフェリアは気が強く、反抗期の態度もなかなかの黒歴史と自認している。

それでも本心では両親のことは大好きで、そんな親から離れることに寂しさは覚えても、ルシアス魔法学園に通うためなら当然だと素直に師匠の勧めを受け入れた。

だから当時のオフェリアより聡明《そうめい》で、しっかり者のユーグの子どもっぽい言い分に戸惑ってしまう。

「だって僕が学園に入学したらお師匠様はこの家を売って、また旅に出るつもりなんでしょう？」

「……っ」

ユーグの指摘は図星だ。

この家は弟子が一般的な生活を学ぶために買った家で、弟子が巣立てば留まる理由はない。

今は誤魔化せているが、老いない姿はそのうち怪しまれるだろうし、変態魔術師の耳にまで届いたら狙われる可能性も出てくる。そうなれば、ユーグも巻き込みかねない。

だから正直、街を離れるちょうどいい機会とも思っていた。

「ユーグの考えている通り、新たな解呪のヒントがないか探すつもりよ」

「その旅に僕はお邪魔ですか？　僕を弟子にしたのは解呪のためですよね？　なのに連れて行っ

てくれないなんて、僕じゃお役に立てないんですか？　僕を置いていってしまうんですか？　もっと、もっと頑張りますから！　だから……っ」

ユーグは黄金色の瞳にたっぷり涙を浮かべて、強張らせた体を小さく震わせた。捨てられた子犬のように、主《あるじ》を引き留めようと必死に懇願の眼差しを送る。

その場で、オフェリアは提案の仕方を間違えたと悟った。

（ユーグは両親に不要な子どもとして烙印《らくいん》を押され、孤児院でも使い捨ての駒《こま》のような扱いを受けていた。次は私に――と恐れてしまうのは仕方ないわ）

いつも柔らかい笑みを浮かべて、なんでも器用にこなすから、心の傷のことをすっかり失念していた。心の傷が癒《い》えるには、四年ではまだまだ短い。

（百年以上生きているはずなのに、恥ずかしい）

オフェリアはユーグの近くで両膝をついて、膝の上で固く握られている彼の拳に手を重ねた。濡れた弟子の瞳を見上げ、落ち着いた声を意識する。

真剣に、誠実に、ユーグに向き合う。

「ユーグに期待しているから、魔法学園を勧めたの。置いていくためじゃないわ」

「本当、ですか？」

「ええ！　そうでなければ、いくつもある魔法学園の中から最難関のルシアス魔法学園を指定しないわ。あそこは試験の難易度だけじゃなくて、学費も他校と比べて圧倒的に高いのよ。それでもかまわないくらい、私は弟子の成長を後押ししたいの」

オフェリアは片手をユーグの頬に伸ばし、零れてしまっている涙を指先で拭う。

愛弟子の涙は見ていて辛い。

「ユーグは賢いし、器用だし、魔力も潤沢にあって、私を優に超える才能を秘めている。私の教えだけでは、可能性を伸ばしきれない。可愛いからといって手元に置き続けて、師匠が弟子の未来を閉ざすなんて真似したくないの」

「ルシアス魔法学園の先生の方が、お師匠様よりすごい魔術師なのですか？」

「攻撃魔法は私の得意分野だから分からないけれど、他の魔法に関してはルシアス魔法学園の先生の方が詳しいと思うわ。私が教えるのが苦手な分野を、学園に通えば補える。死角をなくしたユーグは最高の魔術師になれると断言するわ」

期待を帯びた青い瞳で、弟子の黄金色の瞳を見つめた。

ユーグが言った通り、呪いを解くために弟子にしたつもりだった。理想の魔術師に育て、自分を助けてほしいという下心で魔法を教えていたことは否定しない。

どんどん実力を伸ばしていくユーグを前に、その計画は順調だと思っていた。

でも氷の薔薇――オフェリアでは再現できない魔法を見てしまったとき、自分の思い上がりを知ってしまった。

悔しい。悔しいが、気付いたのが弟子の可能性を潰したあとではなくて良かったと安堵《あんど》した。

ユーグの才能が開花するのなら、自分の呪いに関係ない分野でも応援したいくらい、弟子の成長を優先したいと自覚してしまったのだ。

その気持ちを、しっかりと言葉にする。

「こんなに未来が楽しみなのは久しぶりよ。ユーグを応援させて。私に、立派な魔術師になった姿を見せて」

オフェリアが笑みを浮かべれば、ユーグは小さく安堵のため息を零した。

どうやら師匠の想いは弟子にきちんと伝わったらしい。

「住む場所は離れても、ユーグは私の可愛い大切な弟子のままよ」

「では、学園に入学してもお師匠様とは会えるんですね？」

「時々あなたの成長を見に行くわ」

「良かった」

ようやくユーグがいつもの笑みを取り戻した。オフェリアの手を握り返し、ぎゅっと力を込める。

「では週に一度の、学園が休みの日は会いに来てくれるんですか？」

「さすがにそれは無理かな。どこにもヒントを探しに行けないわ」

「それなら月に一度ですね？」

「それも、難しいかな。国外にも行きたいし、ヒントがあれば長期滞在も視野に入れているから

「……」

ユーグの視線がどんどん冷え込んでいく。

オフェリアは笑みを深めて誤魔化そうとするが、効き目は薄い。

「お師匠様？　半年に一度……いえ、その顔は数年に一度のつもりですね？」

「――うっ」

「やっぱり。長い月日を生きているお師匠様の〝時々〟と、たかが十四歳の僕の〝時々〟に差があるのは予想していましたが、ここまで感覚がちがうとは……はぁぁ～～～」

ユーグは顔を俯《うつむ》かせ、今まで聞いたこともないくらい長いため息をついた。

彼の眉間には、ため息に負けないくらい深い皺が刻まれているのが、オフェリアの角度からバッチリ見えている。

けれど、それは長くは続かなかった。

ユーグは瞼《まぶた》を開けると、力強い眼差しをオフェリアに向けた。

眼光があまりにも鋭くて、オフェリアはひくっと喉を鳴らす。

「年に一度です。学園の長期休みに僕と一週間過ごす時間を捻出してください。約束してくれないと僕は入学試験も受けないし、入学後も約束を守ってくれないと分かったら中退します」

「ちゅ、中退してどうするのよ」

「お師匠様を追いかけます！　お師匠様が来ないのなら、僕が行くまでです」

「えぇぇぇええ？」

オフェリアは疑念の眼差しを相手に投げかけるが、本気の眼差しが倍になって返ってくるだけ。まるで獲物を狙う狩人《かりうど》のような鋭さだ。

滅多に反抗しない弟子の覚悟は相当なもののようで、譲歩してくれる様子は皆無。これまでにない気迫に押されてしまう。

弟子に怯えてしまう日がくるとは。耐え切れず、オフェリアはぎこちなく頷いた。

「分かったわ。約束する」

「絶対、ですよ。お師匠様？」

「は、はい」

ちょっと今は怖いが、可愛い弟子の成長のためだ。

オフェリアはユーグの要望を呑むことにしたのだった。

＊＊＊

ルシアス魔法学園の入学試験は半年後。受験を決めた翌日から、二人三脚の猛勉強が始まった。

これまでの魔法の勉強は、不老の呪いを解く分野に偏っていた。受験に向けて、他の分野の基礎魔法を満遍なく覚える必要がある。

半年なんてあっという間。受験会場であるルシアス魔法学園までの移動を考えたら、もっと時間は少ない。

これまで夕食後はそれぞれ自由に過ごしていたオフェリアとユーグだったが、受験の準備期間は寝る時間までみっちり勉強に充てる。

今日もリビングのテーブルに本を積み上げ、問題集を解いていた。

「お師匠様、この魔法の組み合わせって効率悪いように思うのですが、解答が間違っていませんか？　だってこっちの参考書には、この魔法の方が良いって書いてあります」

「それ引っ掛け問題よ。前提環境を読み直して考えてみなさい。天気によって、魔法が受ける外部影響は大きく変わるの。晴れの日と、雨の日で雷撃魔法の威力と効果が全然違うでしょ。あと影響がありそうな物は周囲にある？　ない？」

「あ！　そういうことですか、納得です」

「理解したようね。試験はこういう意地の悪い設問が多いから、紙に書かれていることをただ読むのではなく、周りの環境を含めて実際に使う光景をイメージしなさい。あと試験問題は魔術師の平均魔力量をもとに出題しているから、魔力量の多いユーグ基準で考えない方が良いわ」

「はい。気を付けます」

ユーグは、オフェリアお手製の問題集に意識を戻す。次の問題もなかなか癖の強い内容のせいか、眉間にぐぐっと皺が寄った。

出題した側としては、良い問題が作れたと嬉しくなる。「本当にこんな意味不明の問題がでるのか」と弟子がちらりと恨めしい視線を向けてきても、ふふんと鼻で笑って返した。

(引っ掛けレベルを、卒業試験並みにしてあるのは内緒にしておこうっと。でも、このレベルがすいすい解けるようになったら見直しの時間も作れるし、入学試験は余裕よ。入学してからも楽になるはず。ユーグ、頑張って)

ユーグが問題集とにらめっこしている間に、オフェリアは夜食を作りはじめる。

今夜は、ユーグの好きなベリーのジャムとスコーンにした。

「ほら、少し休みなさい」

「ありがとうございます」

パッと顔色を明るくしたユーグは、ジャムをたっぷり乗せると、念のため多めに用意したスコーンまでぺろりと食べきった。

育ち盛りだと分かっていても少しばかり驚きだ。オフェリアは苦笑してみせる。

「無理しないでよ」

「だってお師匠様のごはんやお菓子が食べられるのは、あと少しですから。今食べられるだけ食べておかないと」

「——っ」

眉を下げた弟子を前に、一瞬だけオフェリアの気持ちが揺らぎそうになった。立派な魔術師にするために受験を説得したが、それが本当にユーグの幸せに繋がるのか、と。

期待を押し付けすぎていないか、わずかな不安が頭をもたげる。

けれどすぐに「もう少し頑張れそうです」と、笑みを戻したユーグの姿に不安は軽くなる。

(私も負けてられないわね。責任をもって、合格に導かないと)

ユーグに触発されたオフェリアは、次の問題集作りに気合を入れた。


そうして迎えたルシアス魔法学園の入学試験当日、大勢の受験生が集まる学園の正門前でオフェリアはユーグを抱きしめた。

「ユーグなら大丈夫。安心して挑みなさい」

そっとオフェリアの背にユーグの手が回る。

「はい。お師匠様が教えてくれたことを信じて、全力を尽くします。いってきます」

「いってらっしゃい」

体を離して試験会場に向かう弟子の横顔には余裕があった。自信に満ちていて、けれど油断はない、頼もしい表情だ。

(本当に立派になって——心配無用ね)

オフェリアは、すでに合格を確信しながらユーグの背を見送った。

そして一か月後。

ルシアス魔法学園から入学許可の知らせが届いた。しかも『星付き』という優秀な生徒にしか与えられない称号を、新入生に異例で与えるというおまけ付きで。

＊＊＊

「これで最後かしらね」

オフェリアは、リビングに置いてあったソファを魔法カードに収納する。

部屋の中は引っ越してきた日のように、がらんと殺風景になった。

今日、オフェリアとユーグは四年半住んだこの家を出る。

オフェリアは解呪のヒントを探しに隣国へ、ユーグは魔法を学ぶためにルシアス魔法学園へ旅立つのだ。

何も置かれていない光景に寂しさを感じるのは、愛着が湧くくらいこの家での生活が楽しかったという証拠だろう。

「次の住人も見守ってあげてね」

家に感謝するように、オフェリアは引っ越してきた日以上に綺麗になるよう魔法で掃除をしていった。

「お師匠様、二階は終わりました」

掃除を終えたタイミングで、ユーグが二階から降りてくる。

「私も終わったところよ。はい、カード。寮で必要なら新しい家具くらい買ってあげるのに。最低限の設備は最初から揃っているはずだから、部屋の雰囲気と合わないかもよ？」

さっき収納したばかりのソファをはじめ、家具類の魔法カードを全部ユーグに手渡しつつ、念のため再確認する。

けれどユーグはカードを受け取ると、大切そうに表面を撫でてからリュックに入れた。

「それでも、僕は使い慣れたこれが良いんです。これらには、良い思い出がいっぱい詰まっていますから」

そうしみじみとした口調で語られたら何も言うまい。

オフェリアの胸の奥が温かくなっていくのを感じながら、改めてユーグを見つめた。

弟子の身長はさらに伸び、オフェリアが背伸びをしても同じ視線にはもうならない。骨と皮しかなかった薄い体は、青年らしい逞しい体軀になりつつあった。

本当に大きくなって――と、なんだか目頭が熱くなってくる。

（もうっ、明るい旅立ちにするって決めたじゃない）

出てきてしまいそうな涙を抑え込み、オフェリアは自然な微笑みを浮かべて玄関に向かう。

「ユーグ、行きましょう」

「ま、待ってください」

ユーグは慌てたようにオフェリアの手を摑《つか》んで引き留める。

振り向けば、ほんのり頬を赤くし、口を一文字にしている弟子の顔があった。

たっぷりの間を空けてから、ユーグは戸惑いがちに口を開く。

「お師匠様のこと、抱き締めて良いですか？」

一大決心を告げたかのように、ユーグの顔はさらに赤くなった。

抱き締めるなんて珍しいことでもないのに、とオフェリアは不思議に思うが、ユーグにとっては何か重要な意味があるのだろう。

オフェリアは軽く両手を広げて、ユーグの正面に立った。

「おいで」

「――っ、失礼します」

ユーグは緊張した面持ちのまま、遠慮がちにオフェリアに抱き付いた。その腕は少し震えていて、強く鼓動する彼の心臓の音がオフェリアにまで伝わる。

この願いに、どれほど勇気が込められているのか。オフェリアなりに受け止める。

(私から抱き締めることはあっても、ユーグからは初めてかもしれないわね。普段甘えないから、言い出すのが恥ずかしかったのかしら。見た目は大きくなったけれど、本当に私の弟子は可愛いわ)

オフェリアはクスリと笑みを零して、力いっぱい抱き締め返した。

「大好きよ、ユーグ」

「〜〜っ」

「あなたの成長を楽しみにしているわ」

ユーグの体がますます強張るのも可愛い。

「来年の今ごろ、学園に会いに行くね」

「絶対ですよ。僕、お師匠様に会えるのを支えに頑張ります。どんなことよりも楽しみに待っていますから、約束を忘れないでくださいね」

「分かっているわ。だから会うときは元気な姿を見せてね。健康に気を付けるのよ」

「はい。僕も約束します」

ゆっくり体を離せば、頬に赤みを残しつつも、引き締まった表情を浮かべたユーグの顔がよく見えた。

安心して旅立てる。

こうしてふたりはそれぞれの新天地を目指し、約四年半過ごした街から発《た》ったのだった。

第五章『弟子の焦燥』

クレス歴九百五十五年。

ルシアス魔法学園一年生のユーグの朝は、一杯のココアから始まる。家から持ってきた愛用のマグカップで飲みながら脳に糖分を与えつつ、授業の予習を軽く行うのが日課だ。

机の上には、オフェリアが使っていた色違いのマグカップも置いておく。

「やっぱり寂しいなぁ」

小さく呟いた本音は響くことなく、ココアの湯気と一緒に消えていった。

オフェリアがいなくて寂しいこと以外、ルシアス魔法学園での生活は悪くない。尊敬する師匠オフェリアが勧めただけあって、授業の内容は充実していて面白く、寮の設備も食事も快適だ。

ちなみに優秀な一部の生徒には星のバッジが与えられ、『星付き』と呼ばれている。

星付きは、本来まだ受けられない上級学年の授業に自由に参加できる権利が与えられ、基礎魔法の授業は定期試験で合格を出せば出席しなくても良い。

いわば特待生。効率よく魔法を習得し、目的の魔法を極めるのにはもってこいの称号だ。

たいていは年に二度ある定期試験の結果をもとに与えられるのだが、ユーグは入学試験の時点で星をもらっている。

これは異例で、十年にひとりいるかどうかの話。

つまり一回目の定期試験前の今、ユーグは一年生で唯一の星付き。嫌でも注目を集めることとなった。

「うわ、今日は黒星も参加するのかよ」

ユーグが教室に入れば、貴族出身の生徒の嫌味が耳に届く。

『黒星』というのは光っていない星、つまり不正やまぐれで星を得た人を揶揄《やゆ》する言葉。

声はやけに大きく、聞こえた他の生徒もクスクスと笑ってユーグに蔑みの視線を向けた。

ルシアス魔法学園に入学してから知ったが、高等な魔法の勉強ができるのは恵まれた出自の人間——貴族が大半。生徒の八割が貴族やその縁者、あるいは裕福な平民で、親もなく家名もない孤児出身はユーグだけだった。

だから他の生徒は『孤児が星付きなんて、不正をしたに決まっている。次の試験で星は剝奪される』と決めつけ、平気で見下してくるのだ。

されどユーグは一切気に留めることなく、空いている席に腰を下ろした。

(平民の学園に行っていた頃の嫌がらせと比べたら、暴力がないだけ平和だ。……あのときは、お師匠様が助けてくれたな)

頬杖《ほおづえ》をつき、窓から外を眺めてオフェリアを想う。

『暴力を振るわれたら私に言うのよ。親に話をつけに行くわ。任せなさい』

そう言って本当にオフェリアが主犯格の生徒の家に乗り込んでから、学園での暴力はなくなった。それ以降、相手の親がオフェリアを崇拝するようになっていた原因は未《いま》だに謎だが。

『ユーグは賢い子よ。手伝うから、実力で相手をぎゃふんと言わせてやろうじゃないの』

焚《た》きつけられるまま勉強に没頭し、試験で一位を不動のものにしてから、口でもユーグを馬鹿にする生徒はいなくなった。

オフェリアに言われるとおりにすれば、すべてが好転した。

『あなたは最高の魔術師の卵よ。私が言うんだもの、信じて』

（はい、お師匠様。僕は、あなたのために最高の魔術師になってみせます）

心から弟子を大切にしていることが伝わる師匠の言葉と態度はユーグを鼓舞し、勇気と希望を与えてくれる。どんな苦難が立ちはだかっても、オフェリアの存在があれば心が折れることはないと自信を持てる。

ユーグにとってオフェリアはこの世で最も尊い存在。

誰よりも大切で、自分のすべてを躊躇《ちゅうちょ》することなく捧《ささ》げられる、焦がれてたまらない女神であり、片思い相手だ。

恋心を自覚したのは一昨年。ユーグが十三歳になったばかりのとき。オフェリアが一通の手紙を開いて、突然涙を流した夜のことだった。

『また、置いていかれちゃった』

数少ない、オフェリアの不老を知る友人の訃報。彼女は手紙を胸に当て、しばらく無言でソファから立ち上がることができなかった。

ユーグが初めて見た、オフェリアの弱った姿。

強く、美しく、優しく、完璧だと思っていた女神が、不遜にも普通の女の子のように見えてしまった。

不老の苦しみを抱え、置いていかれる恐怖を隠し、いつも健気に笑顔を浮かべていることを、この日ユーグは初めて知ったのだった。

『救わなければ』

本能が、そう訴えた。

自分は絶対に彼女を置いていきはしない。とびっきり大切にして、今まで頑張ってきた分たっぷり甘やかして、幸せしか考えられない未来を与えたい。そしてその役目は、誰にも譲りたくない。

強く意識した瞬間、尊敬だけでは説明できない感情が生まれた。

恋、と言って良いのだろうか。愛し、独占したいと思った。

しかし自覚と同時に、叶えるには自身は未熟すぎると悟った。魔術師としても、精神的にもオフェリアに相応《ふさわ》しくない。

(僕はもっと、もっと高みへいかないと――)

初めての定期試験の日を迎えたユーグは、当時抱いた決意を改めて心に刻み、実技試験の順番を待っていた。

演習場に設置された細長いテーブルの上には、教科書サイズの木の板が二十枚並べられている。

一分の間に、魔法で木の板を倒した数が成績に反映されるらしい。使用する魔法は投擲《とうてき》系を用いることが決まっていて、大量の水で押し流したり、強風を巻き起こしたりして倒すのは減点対象になる。攻撃をテーブルに当てて倒すのも減点だ。

魔法を連発して当てようとする者、一発一発慎重に魔法を撃っていく者、生徒それぞれ工夫を凝らして試験に挑んでいる。

先日ユーグを馬鹿にしてきた貴族令息は、一発ずつ狙うタイプらしい。一秒で手のひらにボールサイズの水球を生み出し、数秒かけて照準を合わせて放った。結果は十五枚。

「なるほど、レントン殿は弟子によく教えているようだ。悪くない」

試験官の口振りから、貴族令息は優秀な方らしい。他の生徒も貴族令息の出来栄えに「おぉ」と感心の声を上げている。

貴族令息はまんざらでもない笑みを浮かべ、すれ違いざまに次の挑戦者ユーグに声をかけた。

「星付きの実力、楽しみにしているぜ」

期待する言葉とは裏腹に、声質は嘲笑《あざわら》っているものだった。

貴族令息は、一年生の授業をほとんど受けていないユーグの魔法を見たことがない。取り巻きがいる輪に戻ってからも、ニタニタと侮りの視線を向けてくる。

だが、ユーグの意識は別のところにあった。

(弟子に実力があれば、お師匠様もセットで褒められる。逆に僕が不甲斐《ふがい》ないと、お師匠様の評価も下がる。それは許されない。敬愛するお師匠様が馬鹿にされることは、絶対にあってはならない)

よし、と気合を入れたユーグは指定された位置に立った。

「はじめ!」

合図が出された瞬間、ユーグは手のひらに作りだした二十個の角砂糖サイズの氷の礫《つぶて》を連続するように放った。

木の板は右から左に流れるように、リズムよく倒れていった。その所要時間は十秒にも満たない。

与えられた時間のほとんどを残し、魔法を一発も外すことなく終わらせてみせたのだった。

(慣れない連続撃ちだったから、最後の三発は端っこギリギリだったな。お師匠様の攻撃魔法はもっと速くて正確。もっと練習して精度をあげないと——って、あれ?)

次の生徒に場所を譲ろうとして踵を返したユーグは首を傾けた。

彼の後ろにいた貴族令息ら生徒全員が、驚愕の表情を浮かべていたのだ。

唯一、試験官だけが驚くことなく満足そうに微笑んでいる。

「星を与えたのは間違いではなかった。君も師匠も素晴らしい」

試験官の言葉に反論する生徒は誰もいない。

つまり、師匠オフェリアを馬鹿にする者もいないということだ。

（やった！　この調子で筆記も頑張らないと）

残りの生徒の試験の様子を見ることなく、ユーグは勉強のために自室へ飛び込む。

そうして筆記、実技、総合においてトップの成績を収めたユーグは、見事に学年首席を獲得したのだった。

＊＊＊

試験の成績上位者が貼り出されて以降、ユーグを馬鹿にする声は聞こえなくなった。

貴族令息の影が薄くなったことで、少しずつ友人も増えてきた。それぞれの師匠の話を聞くのは、いろんな魔術師が世の中にいると知れるのでなかなか面白い。

実力主義の校風で良かったと思いながらユーグは、ゆっくりとした足取りで回廊を歩く。

回廊の外では、お揃いのローブを着た多くの生徒が行きかっている。

実技が上手くいったと、友人と嬉しそうに駆けていく者。本に齧《かじ》り付きながら歩く者。魔法に失敗したらしく、髪の毛半分が爆発している者。色々な生徒がこの学園にはいた。

（お師匠様はどんな生徒だったのかな）

オフェリアが指定ローブを着ている姿を想像しながら思いを馳《は》せる。

顔立ちはもっと幼かったのか。髪型はどうだったのか。どちらにしても、彼女は美しいに違いない。

そう想像していたら、本物のオフェリアへの恋しさがまた募っていく。

（お元気で、お過ごしだろうか。お師匠様、会いたいです）

いくら願っても、再会の約束のときまで半年も残っている。時間の経過の遅さに苦笑をこぼす。

すると、後ろから先日の試験官が声をかけてきた。

試験官は、一年生の主任を務めるビル・クラーク。五十代の男性魔術師で、魔法陣の専門家と記憶している。

「ユーグ君の師匠はオフェリア殿だったんだね。後見人を確認して驚いたよ」

「お師匠様をご存知なのですか？」

「あぁ、約三十年前、窮地を救ってもらったことがあってね。オフェリア殿の攻撃魔法の速さと正確さに感動した気持ちは、三十年経った今も色褪《いろあ》せていない」

当時を思い出しているのか、クラークは瞼を閉じて大きく一呼吸した。

そうです。僕のお師匠様すごいんです――と声を大にして言いたい気持ちを抑えながら、ユーグは顔を緩めるだけに留めた。

「ふむ、ユーグ君もオフェリア殿に憧れているんだね」

「はい。世界で一番敬愛しているお方です」

「あんな素晴らしい師匠がいて羨ましいよ。魔法の知識はたっぷりあって、実力もあり、魔法も容姿も美しい」

確かにクラークの言っていることは当たっているが、他の男の口からオフェリアの美しさについて聞くのは少し複雑だ。

そんなユーグの心境を刺激するように、クラークの言葉は続く。

「魔法を放つたびに靡く銀髪に、力強い青い目は本当に美しかった。何より心が美しい。オフェリア殿自ら私の手当てをしてくれてね。彼女の手が触れるたび、顔が近づくたび、私の胸は高鳴ってしまって――……ユーグ君、まだ君に嫉妬する資格はないよ」

「――っ」

ギロリと、クラークの冷たい視線がユーグを射貫《いぬ》いた。

「彼女は、相変わらず解呪のヒントを探す旅をしているのかね？」

「どこまで知っているのですか？」

一歩後ろに下がり、ユーグは警戒を強めた。

オフェリアは、不老に興味を示す魔術師には碌《ろく》なやつがいない、と愚痴っていたことがある。人体実験をしたいマッドサイエンティストや、不埒《ふらち》なことを考える変態が多いらしい。

だからオフェリアは、不老の噂が広まらないよう魔術師との交流は最低限にし、仕事の依頼も目立たないよう地味なものばかり選んでいた。

(クラーク先生は、どちらだ？)

オフェリアにとって有益か害悪か、ユーグはクラークを見定めようとする。

害悪に該当したら、オフェリアにすぐにでも緊急の魔法信号を送って、ルシアス魔法学園に近づかないよう連絡しなければならない。

ユーグの背筋に、緊張の汗が一筋流れる。

「はは、そう警戒しないでくれ。不老を解呪する手助けをしたいと思っている側の魔術師さ。証明するから付いてきなさい」

罠《わな》の可能性もあるが、本当に解呪のヒントがあるなら見落とせない。どんな些細なヒントでもほしい。

「……わかりました」

ユーグは警戒を緩めることなく、誘いに乗ることにした。

通されたのはクラークの個人研究室だった。壁一面に数多《あまた》の魔法陣が貼られ、テーブルにも書きかけの魔法陣が広げられている。

研究への熱意が語られなくても伝わってくる部屋に、ユーグは静かに息を呑んだ。

「星付きの君から見て、これらをどう思う？」

「僕は魔法陣に疎いので詳しくは分かりませんが……凄いのは分かります。こんな細かく計算式が書かれた魔法陣、教科書でも見たことがありません」

なんの魔法陣かまで読み解くことはできないが、計算式から高度な魔法の発動を目的としたものだと察せられる。

この計算式を算出するのも難しく、魔法陣として実用化させるとなると難易度はさらに高まる。それが数えきれないほど積み上げられていた。

圧倒されるとは、こういうことなのだろう。素直に感嘆の言葉をユーグは述べる。

クラークはさらに表情を緩め、ユーグをソファに促した。

「私がこの研究を始めたきっかけは、オフェリア殿のそばにいたかったからだ」

「――え⁉」

「さぁ、少し昔話をしようか」

警戒よりも、興味が勝る。ユーグはソファに腰を下ろし、耳を傾けることにした。

クラークはルシアス魔法学園を卒業して間もなく、フリーの魔術師として活動していたらしい。

そんなあるとき、依頼主の虚偽報告によって実力以上の魔物と対峙《たいじ》することになってしまった。

クラークはどちらかといえばインテリ系の魔術師。攻撃魔法は不得意で、すぐに魔物に追い詰められることになる。

絶体絶命――そう死を覚悟したとき、彼を助けたのが偶然通りかかったオフェリアだった。

魔法の華麗さとオフェリア自身の美しさに魅せられたクラークは、驚くほど簡単に恋に落ちてしまった。

誰に対してもどこか壁を作るオフェリアに近づきたくて、慎重かつ積極的に交流を図ったという。

そして数年かけてようやく信用できる友人と認められた頃、告げられたのが『不老』についてだった。

「オフェリア殿は、親しい人の死の悲しみを誰よりも経験している。そのため友情を育んでも、友情を越える特別な関係は作らない。彼女が不老である限り、私の恋は成就することはないと悟ったよ。だから私は呪いを解く研究を始めた」

クラークは立ち上がり、壁に貼っている中でもひと際大きな魔法陣の表面を手のひらで撫でた。

「恋する男は駄目だね。好きな子に見栄《みえ》を張りたくて、成果が見えるまで秘密にして、あとで驚かせてやろうと思って……黙っていた結果、気付いたら私はオフェリア殿の相手として年を取りすぎてしまった」

今から十年前。クラークが四十歳を迎えてすぐの頃、偶然にもオフェリアと再会した。

そのとき、美しいと思っていた彼女が子どものように見えたのだった。横に並んだら、親子に見えてしまうほどの差が生まれていた。

時間の流れの残酷さを知るには、十分な出来事だった。

その上、研究の成果は未だに目標に手が届かない。

「人間の持ち時間は短い。しかも恋まで成就させようと思ったら、その有効期間はますます短くなる。そう、私のように。そもそも生きている間に、求める結果に辿り着けるかもどうか怪しい」

「――っ」

鈍器で頭を殴られたような衝撃がユーグを襲う。

クラークの言葉が大岩となって、見えていたはずの希望の道を塞《ふさ》ぐ。いや、元からあったのに見えていなかった、と言ったほうが正しいかもしれない。

(これほどの魔法陣を書き上げる知識と技術があっても、クラーク先生は未だに解呪に辿り着いていない。だというのに僕は……っ)

どこかにあった余裕が消えていく。

トップクラスの魔力量があり、オフェリアに優秀と認められ、学園内でも首席。このまま勉強していれば、不老の呪いを解くことができると、漠然と構えていた節があった。

(僕はなんて馬鹿なんだ。いつのまにか実力を過信して、現実を見誤るなんて。この程度の実力で呪いが解けるのなら、お師匠様は苦しんでいない)

クラークが、未来の自分の姿に見えてくる。

ユーグは片手で口元を押さえて、自分の愚かさに落胆のため息を長く吐《つ》いた。

「ふふ、己の甘さに気付いたかね？」

悔しいが、反論の余地はない。ユーグは黙って頷いた。

「では、一時的に私の弟子になりなさい」

「どうしてですか？」

「年寄りのお節介のようなものだよ。学園にいる間、君に私の研究内容を叩《たた》き込む。どうだね？

ユーグ君なら私を超えられるはずだ」

ユーグは目を大きく見開き、クラークを見上げた。そしてゴクリと息を呑む。

クラークの眼差しは、ユーグが自身を超えていくと本気で信じて疑っていない。鋭く、奥に炎を宿している。解呪への執念がありありとあった。

（そうだ、ここで挫折してどうする。僕はお師匠様を不老から解き放つため存在しているんだ。誰にも譲りたくないって、僕がお師匠様を救うんだって、すべてを捧げるって誓ったじゃないか。一分一秒が惜しい！）

両手で顔を挟《はさ》むように叩くと、ブレそうになっていた覚悟がしっかりと定まった。

学園生活は留年しなければ五年間。通常の勉強もしつつ、約三十年分のクラークの研究を自分のものにするには、休んでいる暇なんてない。過酷な学園生活の始まり。

しかしユーグの気持ちは高まる一方だ。クラークに負けない強い眼差しを返す。

「僕に、魔法を教えてください」

魔術師の卵が見せた顔に、クラークは満足そうに微笑んだ。

第六章『成長報告』

クレス歴九百五十六年。

オフェリアは、ルシアス魔法学園がある街ダレッタに足を運んでいた。

学園は新学期の準備に向けて、一か月の休校期間に入る。そのうちの一週間が、愛弟子ユーグと再会を約束した時間だ。

オフェリアは学園近くのカフェのオープンテラスで、再会のときを待っていた。

「ここはあまり変わらないわね」

大陸を旅していると、街の風景が変わっていて驚くことが多い。十年、二十年ぶりだから仕方ないと思いつつ、正直どこか寂しさを覚える。

しかしダレッタは、オフェリアが学生時代だった百年前の面影がしっかり残っていた。

統制された石造りの街並みが美しいままなのは、景観が損なわれないよう法律で定められているお陰だろう。

オフェリアは景色を堪能しながら、お店おすすめのブレンドコーヒーを味わっていた。

「美しい人、俺に少しだけあなたの時間をいただいても？」

突然、見知らぬ若い男性が声をかけてきた。しかも少し癖のある金髪の前髪をさらっとかきあげ、オレンジ色の瞳でウィンクまで送ってくるではないか。

自分の容姿に自信がある、いかにも軟派なタイプ。

(横っ面引っ叩きたくなるような顔ね)

心の中で思うだけに留め、オフェリアは無表情のまま冷たい視線を返す。

男性は軽く目を見張って、肩をすくめた。

「おっと、急に失礼しました。道案内してほしいんだ。ローブを着ているということは、この街に馴染みのある魔術師なのだろう？　黒百合《くろゆり》の館という店に行きたいのだけど」

黒百合の館は、人気の高級ローブ専門店だ。オフェリアの学生時代からある老舗《しにせ》で、ルシアス魔法学園の指定ローブも取り扱っている。

百年前から移転していなければ場所は分かるが、このカフェからだと道順が少々複雑だ。口で教えたところで、辿り着けるかどうか怪しい。

この男性も『道案内』と言っていることから、同行を願い出ているのだと推察できる。

しかし、席を外してユーグとすれ違うようなことは避けたい。オフェリアと離れたくないと泣いた可愛い弟子には、自分の都合で寂しい思いをさせているのだ。

約束の場所にオフェリアがいないと知ったら、再び「見捨てられた」と勘違いさせ、ユーグのトラウマを刺激しかねない。

男性には悪いが他を当たってもらおう、と口を開こうとしたとき――

「黒百合の館までの地図を僕が書いてあげましょう」

上質なローブを羽織った別の青年が、オフェリアと男性との間に割って入った。

サラリと整えられた黒髪に、黄金色の瞳を持つにこやかな青年の顔は、オフェリアの記憶より少し大人びている。一方で声はぐっと低くなり、すっかりあどけなさが消えてしまっていた。

十六歳になったオフェリアの愛弟子ユーグは、ポケットから手帳を取り出すと、さっと道順を書いていく。そして紙をビリッと手帳から破いて、やや唖然としていた男性に差し出した。

「どうぞ」

「あ、いや……でも俺、地図があっても迷子になるような方向音痴だからさ」

男性がオフェリアをちらりと見たが、ユーグは遮るようにメモをかざす。

「印をつけた場所の店に聞きながら向かえば、黒百合の館に迷わず着けるはずです。それにこの方の時間は、今から僕のものなのであなたにはあげられません。邪魔しないでいただけると嬉しいのですが」

ユーグはぐっと笑みを深め、半ば押し付けるように男性の胸元にメモを当てた。

「あ、ありがとうよ」

圧に耐えかねた男性は顔を引き攣《つ》らせメモを手に取ると、慌てたように走り去っていった。黒百合の館とはまったく逆方向に向かって。

（あら、迷子じゃなくてただのナンパだったようね。やっぱり見た目も言葉遣いもチャラチャラした男は嫌だわ。それに比べて――）

オフェリアは一年ぶりに顔を合わせたユーグを見上げた。

「ふふ、久しぶり。格好《かっこう》良くなったわね」

そう言われた弟子の顔は、あっという間に真っ赤になった。

前言撤回。やはり自分の弟子は可愛い。

スマートな割り込み方、さっと地図を書いて渡す仕草、相手を馬鹿にせず諦めさせる重めの台詞《せりふ》。

苦手にしていたはずの大人の男性に対して、堂々とした振る舞いができるようになった姿は立派な紳士に見えた。

だから褒めてみたものの、こう初心《うぶ》な反応を見せられたら可愛い以外の感想が出ない。

オフェリアは小さく肩を揺らしながら正面の席をすすめた。

ユーグは少し拗ねた様子で腰を下ろす。

「お師匠様はもっと警戒心をもって行動なさってください。軽薄な人に絡まれている様子を見て、僕は肝が冷えましたよ。旅では危ない目にあいませんでしたか?」

「大丈夫よ。普段はフードを被《かぶ》っているから」

「なら、どうして今日は被っていないのですか?　ここは以前住んでいた街ほど平和じゃないんですから」

「だって一年ぶりの再会なのよ。ユーグが私を見つけやすいようにと思って」

「僕のため……」

不機嫌だったユーグの表情が、じわじわと緩んでいく。オフェリアが彼のために何かを用意すると嬉しそうにする仕草は、以前と変わらないようだ。

それを微笑ましく見ていると一変、ユーグは眉を下げ、不安げに揺れる眼差しをオフェリアに向けた。

「フードを被っていても、たとえ見慣れない新しいローブ姿でも、僕はすぐにお師匠様を見つけられる自信があります。だから僕への気遣いをするのなら、変な人に絡まれないようにすることに重点を置いてください。心配で、心配で、落ち着いて学業に専念できなくなります」

「それは大変だわ！」

弟子が集中できる環境を整えるのが師匠というもの。なのに、応援するどころか足を引っ張るようなことはいただけない。

どんな相手に絡まれても人間相手なら、魔術師のオフェリアは赤子の手をひねるように簡単に倒せる。が、そういうことじゃないのだろう。

ユーグが若干心配性すぎる気もするが、気にかけてもらえるのは悪くない。

くすぐったさを感じながら、ユーグを見つめ返す。

「分かったわ。気を付けるね」

安心したのか、ようやくユーグは幸せそうな笑みを浮かべた。黄金色の瞳にはうっすら涙の幕が張っているようにさえ見える。

「そうしてください。その……お師匠様に会えて、とても嬉しいです。お久しぶりです。お元気でしたか？」

「ええ、もちろん。ユーグはどう？　学園の生活には慣れた？」

「はい。前期と後期の試験で学年首位を獲《と》りましたよ」

テーブルに成績表が載せられる。

ほぼ満点の数字が並ぶそれを前に、オフェリアも驚きを隠せない。ユーグは賢いと思っていたが、想像以上の成績だ。

星付きの特権を使って、基本的にはひとつ上の学年の授業を選択しているらしい。つまり定期試験の該当範囲の授業に参加しないまま、首位をキープしているというのだから舌を巻く。

さらに話を聞けば、放課後は学年主任のクラークの誘いで、個人授業も受けているというではないか。

(クラークさんは魔法陣のエキスパートでありながら、弟子をとらないことで有名な魔術師。十年前に会った時も、研究を極めるために弟子をとる余裕がないと言っていたのに……ユーグったら、クラークさんを動かすなんて凄いわね)

クラークの魔法陣研究への執念は凄《すさ》まじい。邪魔してしまうのが忍びなく、オフェリアさえも「解呪のヒントを探すのを手伝ってほしい」と彼に願い出せずにいたほど。

そんな大物魔術師に認められた弟子が誇らしい。

「やっぱりユーグは自慢の弟子よ」

「お師匠様の教えのお陰です。学園に入って、改めてお師匠様の教えてくれたことが、どれだけ凄いことだったのか改めて感じる日々です」

「付いてきたユーグが凄いのよ」

可愛い弟子に、素晴らしい話。コーヒーが実に美味しい。

オフェリアは上機嫌で、ユーグの学園生活の話に耳を傾けた。


そんな楽しい時間の流れは早く、あっという間に一週間が経った。

「お師匠様、手を出してください」

最終日、ユーグはどこかソワソワした様子でオフェリアの手のひらにある物を載せた。

「これは、羅針盤？　綺麗ね」

渡されたのは、文字盤に複雑な魔法陣が刻まれた羅針盤だった。しかし、針は迷子のようにせわしなく回り続けている。

これでは方角が分からないように思えたが。

「魔力を込めてみてください」

「分かったわ——え？　もしかしてこれ」

促されるまま魔力を流すと、針はピタッとユーグを向いて止まった。

「クラーク先生の課題で作った、目的の人物の場所が分かる羅針盤です。初めて上手に作れた魔道具なのですが、受け取ってくれませんか？」

「ありがとう。大切にするわ」

初めて作った魔道具をプレゼントしてくれるなんて、相変わらずいじらしい。

オフェリアは鞄《かばん》ではなく、肌身離さず身に着けているポーチの方に羅針盤を入れた。

そして口元を緩めているユーグの頭に手を伸ばす。

「健康が一番よ。頑張っても、無理はしないこと。また一年後に会いに来るわ」

「はい。お師匠様、いってらっしゃい」

「いってきます」

以前より高くなってしまったユーグの頭を軽く撫でてからオフェリアは、弟子の成長を感じながらダレッタの街を発った。

＊＊＊

「お久しぶりです、お師匠様。新しいローブも素敵ですね」

一年後。十七歳になったユーグは約束通り、フードを被ったままのオフェリアをすぐに見つけ出した。

ほぼ満席のカフェにいたというのに、ユーグは探す素振りも見せず、真っすぐオフェリアの席へとやってきたのだ。

『フードを被っていても、たとえ見慣れない新しいローブ姿でも、僕はすぐにお師匠様を見つけられる自信があります』

昨年の言葉が証明された瞬間だった。

正面の椅子に座ったそんなユーグは、眩《まぼゆ》いものを見るかのような視線をオフェリアに向けている。

(相変わらず眩しい笑顔ね。それに、大きくなったわ)

座っていても、ユーグの身長がさらに伸びたのが分かる。それにともない顔立ちも精悍《せいかん》さが増した。美青年と言っても差《さ》し支《つか》えないだろう。開口一番にレディの装いを褒めたところは、紳士として満点の行動。

(私って、子育ての才能あるんじゃない?)

オフェリアの頭には、そんな感想が浮かんだ。

ちょっとばかり、下世話な母親気分が芽生える。

「上手いことが言えるようになって、さぞかしモテるでしょう?」

学園生活は青春の場。恋のひとつくらいしていても不思議ではない。冷やかし気分で試しに聞いてみた。

　すると、メニュー表を広げていたユーグは片眉をあげた。

「モテる、ということは今のところありませんが……その口振り、お師匠様から見て僕は良い男になってきたと？」

「当たり前じゃない。世の中には危険な香りがする人や俺様がタイプの子もいるだろうけど、たいていはユーグのような優しい雰囲気の人が良いんじゃないかしら」

「ちなみに、お師匠様はどちらがタイプなんですか？」

「もちろん優しそうなタイプよ！　落ち着きや余裕感があるとポイントが高いと思うわ。まぁ、そんな完璧に揃っている人はなかなか世の中にいないのが現実だけどね。あ、ウォーレス師匠なら当てはまるかも？」

　オフェリアがそう言うと、ユーグは複雑そうな顔をした。

　弟子の顔を見て、すぐにユーグが何を考えたか察する。

　本当に愛弟子は純粋で可愛らしい。くすくすと笑いながらオフェリアは応《こた》えた。

「ウォーレス師匠に恋なんてしていないからね。奥様が師匠に愛されているのが、弟子たちの目から見ても分かるほどだったの。ウォーレス師匠の愛情表現に困りながらも、とても幸せそうな奥様に憧れただけで、師匠に対しては魔術師としての尊敬の気持ちしか持っていないわよ」

「お師匠様にとって、理想の夫婦だったのですね」

「そうね。私だけでなく、他の弟子も憧れるような素敵な相思相愛の夫婦だったわね」

「なるほど。参考にします」

やけに神妙な顔でユーグは頷いた。

（参考って、気になる子でもいるのかしら？　聞いてみたいけれど、私自身に恋愛経験がないから質問されてもまともなアドバイスはできないわね。これ以上の深入りはやめておこうっと）

そう考えている間に、ユーグは店員にカフェオレを注文した。

（昨年まで決まってココアを頼んでいたのに、コーヒーを頼むなんて大人っぽいじゃない）

嬉しいのに、わずかに寂しさを感じるのは、成長過程を見ていないからだろうか。

「そうだ。お師匠様、これが今年の成績表です」

「どれどれ？　ふふ、凄いわね」

真面目な弟子は、今年も学年首位を獲得したようだ。

いくら優秀な魔術師でも苦手分野は必ず出てくるのに、今のところオールラウンダーらしい。

筆記も実技も軒並み満点に近い。

成績表を見て感心のため息をつく。

ちなみにオフェリアは、魔法の計算学があまり得意ではない。計算学で導き出された結果を魔法で再現することはできるが、計算そのものは他人にお任せしたいところ。

解呪の研究のためにも習得を試みたものの、笑ってしまうほど才能がないことは五十年前には判明している。

しかしユーグは、その難解な計算学を用いる魔法陣の研究も、クラークから変わらず学んでいるとのこと。しかも、楽しいと言う。

末恐ろしいとは、ユーグのような魔術師の卵を指すのだろう。

それを証明するかのように、ユーグは新しい魔道具をオフェリアにプレゼントした。

手のひらサイズの羅針盤には見覚えがあった。

「昨年お渡しした羅針盤の改良版です。連動させた専用の地図と併用すると、方角だけではなく、おおよその居場所まで把握できます。羅針盤内部の魔法陣を二重構造にして、針の先に発光する石を付けて魔力を流すと――ほら」

ユーグは広げた大陸の地図の上に羅針盤を置いて、ゆっくりと針が示す方角へと動かした。

するとこの街ダレッタの上に羅針盤が載った瞬間、石が小さく光って点滅した。

「ね？　僕の位置が正確に出るでしょう？　ちなみに僕の羅針盤はお師匠様の位置を示すようにしてあります」

「凄いわね。どうしてこんなに正確に分かるのかしら？」

これまでも方角や国くらいは把握できる羅針盤は見たことがあったが、ピタリと当てる魔道具は初めて見た。地図の縮尺が違うものを用意したら、街どころか、今いるこのカフェすら特定できそうだ。

「互いの羅針盤に、最新の共鳴の魔法陣を仕込んで精度を上げたんです。これで何か緊急事態が起きても、お師匠様がどこにいても再会できるでしょう。逆に僕が演習の授業で街から離れていても、お師匠様もすぐに僕を見つけられると思います」

「確かに、何もないよりは安心ね」

今のふたりの連絡手段は、緊急信号の魔法陣を施したチャームだけ。問題が起きたことが分かっても、詳しい場所まで知ることはできない。

特に旅で移動し続けているオフェリアに、ユーグからは接触できない状態だった。

ルシアス魔法学園は実力主義。首席の生徒がいじめなどの危険に巻き込まれることはないはずだが、ユーグとしては何かしら不安なところがあるのかもしれない。

「用心するに越したことはないものね。ありがとう。これからは、新しい羅針盤を肌身離さず持つようにするわね」

「はい。お願いします」

オフェリアは受け取ると、しっかりと羅針盤をポーチに仕舞い込んだ。

そしてその手で、旅のお土産《みやげ》と解呪のヒントをまとめたノートをユーグに差し出した。

「私のほうは少しだけ収穫があったわ。ユーグは勉強に集中すべきなのは分かっているけれど、一応情報は共有しようと思って渡しておくわね。読むのは手が空いたときで良いから」

「ありがとうございます。嬉しいです」

ユーグはノートを手に取ると、愛おしそうに表紙を撫でた。

学園の授業とクラークの個人授業で忙しいユーグにとって、解呪のことは負担でしかない。だから面倒がられても、喜ばれると思っていなかったオフェリアはパチパチと目を瞬《しばた》かせた。

ユーグの笑みは師匠を気遣ったものではなく、自然なものに見える。

「お師匠様？」

「どうして、そんなに嬉しそうなのか不思議で」

「お師匠様がくださった物なら何でも嬉しいですが、特にこのノートはお師匠様が僕のために書いてくださった物。その……手作りだから、余計に嬉しいです」

ユーグが手作りした羅針盤と比べたらお粗末な物なのに、宝物を扱うような手つきでノートを鞄に入れた。その上、守るように膝の上に載せたではないか。

一方でお土産は渡したときのまま袋に入った状態で、テーブルの端に置かれている。

雑には扱っていないが、手作りか否かで温度差があった。

ノートを大切そうにしてくれるのは、オフェリアとしても嬉しいが……。

(各国で買ってきた珍しいお土産よりも、解呪のノートの方が嬉しいの⁉　手書き、というより手作りの物が恋しいってことかしら。料理は今無理だから、次会うときは何か工夫しないと)

手書きというだけで喜んでくれるのだ。きちんとした手作りの贈り物をしたら、どれだけの反応を示してくれるか。

想像してみると、今から楽しみになってしまう。

それから一週間、オフェリアはユーグが好みそうな物を探りながらダレッタに滞在したのだった。

＊＊＊

また一年後。

「嘘《うそ》よね？」

オフェリアは、思わず口を開けたまま佇んでしまった。

待ち合わせのカフェに向かう道中、見覚えのない黒髪の麗しい青年が、遠くから親しげに手を振ってくるではないか。

セミロングの黒髪を襟首で軽く束ね、色っぽく流れる長めの前髪の間からは黄金色の瞳が覗いている。その色の組み合わせはよく知っている人物と同じだが、頭に浮かぶ可愛らしい顔とズレがあった。

しかし、その青年が『お師匠様』と呼んだことから認めるしかない。

「私の可愛いユーグが消えちゃった！」

オフェリアは駆け寄ってきたユーグを見上げ、悲しみで震えた。

「そんな！　お師匠様は僕の成長が嬉しいって、落ち着きのある雰囲気が良いって言っていたじゃないですか。だから話を参考にイメチェンしてみたのに。こんな僕は嫌いですか？」

ユーグはオフェリアの両肩を優しく掴み、眉を下げて切なげな声で問いかけた。

オフェリアの心臓がドキンと強く反応する。

幼さが残る柔らかいユーグの笑みに心を温めていたオフェリアにとって、天使の笑みの消失は由々しき問題だ。

成長した今のユーグの笑みも、ある意味天使の笑みではあるが種類が違う。子どもらしい幼さが消え、代わりに色気が備わったのではなかろうか。

髪型だけで印象が変わってしまったことも想定外だが、さらに身長が伸びたことも大きい。肩幅も広くなったのか、逞しい印象が強くなった。

華奢《きゃしゃ》で可憐《かれん》な少年だった雰囲気は、すっかり消えてしまっている。

この一年で、ユーグは完全に大人の男性になってしまったらしい。

百歳以上年下であっても、こんな美青年に切なげに縋《すが》られたら、勝手に胸が高鳴るのも不可抗力と言えよう。素敵な紳士に育てた己の手腕を自画自賛しておく。

しかし、オフェリアはまだ可愛い弟子を諦めきれない。両手で顔を覆って訴えた。

「成長したのが嫌じゃないのよ。ただ、ユーグが格好良くなりすぎて、慣れなくて目が痛い。癒やされない！」

大袈裟に悲しめば、優しいユーグなら「分かりました」とオフェリアのために髪型くらい工夫してくれるはずだ。そう願っていたのだが――

「お師匠様、良いですか？」

オフェリアの手首はユーグに摑まれ、顔から離されてしまった。そして彼はオフェリアの青い瞳に映り込むように、軽く身をかがめた。

視線が交わったユーグの目元は柔らかく細められているのに、黄金色の瞳の奥はどこか鋭い。

「お師匠様の容姿のほうが美しく、眩さで僕も目が痛いときがあるので、お互い様ってことで受け入れてくださいね？」

「弟子が容赦ない！」

そもそも呪われたのは、オフェリアの美貌に貴族令息が一目惚れしたのが発端。令息が強い執着を見せ、婚約者を蔑ろにしたためだ。

オフェリア本人はそこまで美人だと思っていないが、忌々しい過去のせいで軽々しく謙遜もできない。美人という自覚なしに振る舞い、付き纏ってきた男性の例は他にもある。

ユーグが「美しい」と言った言葉に反論できない上に、妙な気恥ずかしさを覚えた。

「とにかく、お店に入るわよ！」

オフェリアは気持ちを切り替えるために、やや強引に話題を変えた。しかし――

「お師匠様、やっと会えましたね。とても……とても幸せです」

カフェの席に腰を下ろすなり、ユーグは顔を綻ばせそう告げた。黄金色の瞳は、まるで遠距離恋愛中の恋人に向けるように熱っぽい。

ふたりだけの世界だと錯覚しそうになる、この甘い空気はどこからやってきた？

オフェリアは内心でたじろいでしまう。

（私は百歳以上年の離れた老婆よ。一年ぶりに会えたことが単に嬉しいだけに決まっている。だってユーグは寂しがり屋で、師匠想いの優しい弟子だもの）

さっきから心臓が勝手に反応しようとするから困る。

ユーグの眼差しの熱さは、尊敬の類いに決まっているというのに。

「それは良かったわ」

オフェリアは動揺を隠すようにコーヒーカップを傾けた。口の中に苦みが広がり、甘く疼きそうだった胸の裡も少しはマシになる。

と、思ったのはわずか数秒だけ。

「顔が赤かったので熱でもあるかと思ったのですが、大丈夫そうですね。良かった。お師匠様に何かあったら、僕はどう生きたらいいのか」

「んんっ⁉」

コーヒーを吹き出すところだった。

（ユーグったら、急にどうしちゃったのかしら？　重い……師匠愛が重すぎる！）

元々心配性な弟子だったが、随分とパワーアップしているではないか。

師匠として威厳ある姿を心掛け、頼りない姿は極力隠してきた。見せたとすれば、親しくしていた魔術師の死を知った、あの一晩だけ。

それから数年経っているし、ユーグの過保護が加速している原因に見当がつかない。

ただオフェリアの精神衛生上、彼の過保護スイッチをオフにしなければいけないことは理解した。

「そんなに心配する必要はないわ。大袈裟よ。私が病気なんてしないのをよく知っているでしょう？」

「知っていますが、それでもお師匠様のことが大切だから……許してください」

ユーグは指先でオフェリアの頬に優しく触れ、眉を下げながら慈しむような眼差しを向ける。

蜂蜜でできているのではと錯覚するほど、彼の黄金色の瞳が甘く見えた。

オフェリアの心臓は不本意にも飛び跳ねた。

（私は理想の魔術師を育てようとしただけなのに、こんな風に立派になるなんて想定外なんだけれど!?　どこから、こうなってしまったの!?）

もう一度コーヒーを口に含むが、まったく苦みが効いてくれない。

甘い。吸い込む空気全部が甘い。

見目麗しく、魔法の才能も申し分なく、態度も大人っぽくなった。

育《オフェリア》ての親としては『立派な息子に育てた』と胸を張れることなのに、どちらかと言えば『とんでもなく罪深い男に育ててしまった』という後ろめたい気持ちが強くなる。

子育ての才能があるのでは？　と昨年は自画自賛したが撤回するべきだろうか。

オフェリアの顔は無意識に強張った。

「すみません。ずっと気にしていたお師匠様に会えて、舞い上がってしまいました」

ユーグはオフェリアから手を離し、照れ笑いを浮かべた。無垢で純粋さが感じられる、幼い頃から見てきた馴染みの笑みだ。

オフェリアの肩から余計な力が抜けた。

（舞い上がっていた……ね。まぁ、一年に一週間しか会えないまま三年も過ごしているから、寂しがり屋のユーグが過保護な思考に走ってしまっても仕方ないのかも。それなら、会いに行けない私が悪いわね）

そう反省しつつも、オフェリアにはこの先一年は訪問を約束している魔術師が複数いた。再会は早くても年を越えてからになる。

「なかなか会いに来られなくてごめんね。だけど私も離れている間、ユーグのことを想っていたわ。子どもっぽいものだけど、受け取ってくれるかしら」

詫びるように、最終日に渡そうと思っていたプレゼントをテーブルに出した。

それは手のひらサイズの、ふたつのウサギの人形だった。

片方は白色の体に、青色の宝石の目。もう一方は黒色の体に、黄色の宝石の目をしている。それぞれお揃いの紺色のローブを着て、お行事よくテーブルの上に座った。

軽く目を見張ったユーグは、両手でそっと包むようにウサギの人形を持ち上げた。

「この色、もしかしてお師匠様と僕ですか？」

「正解！　呪い関連に詳しい魔術師に教えてもらいながら作ってみたの」

世の中には、オフェリア以外にも悪魔について研究している魔術師がいる。今回会いに行った魔術師は呪いを他の物に移す研究をしており、媒体として使う人形作りにも精通していた。

そこでオフェリアは、共同研究の傍ら人形作りを教えてもらったのだ。

きちんと型紙をとるところからオフェリアの手で作られ、一針、一針、心を込めて縫い上げた渾身《こんしん》の作品だ。寂しがり屋なところがユーグと似ていると思い、ウサギにしてみた。

「なかなかいい出来でしょう？」

ユーグはふたつの人形をしばらく見つめると、むずむずと顔を緩めていった。そして、たっぷり間を開けてから弾けるような満面の笑みを浮かべた。

「ありがとうございます。一生の宝物にします」

一生だなんて大袈裟だが、ユーグの喜びようにオフェリアも嬉しくなる。

再会した直後は大人っぽさに驚いてしまったが、見た目や態度が変わっても、弟子が可愛いことには変わりない。

（どんな風に成長しても歓迎できるように、私も師匠として成長しなきゃいけないわね。でも……もう少しだけ可愛いままでいてほしいわ）

オフェリアはカップの水面に浮かぶ百年以上変わらない自身の顔を見ながら、密かに願った。

第七章『選択した進路』

約一年後。オフェリアはとあるキャラバンの打ち上げパーティーに参加していた。

「今回は護衛ありがとうございました。オフェリアさんのお陰で、荷物をすべて無事に運ぶことができました」

二十歳になる商家の跡取り息子アンディが、オフェリアにシャンパングラスを差し出した。茶色の髪と緑の瞳の組み合わせは親しみを感じさせ、浮かべる笑みは爽やか。いかにも商人らしい人懐っこい笑みを浮かべている。

「ご満足いただけて良かったです。報酬も弾んでいただいて、感謝いたします」

オフェリアはグラスを受け取りながら笑みを返した。

荷馬車の目的地は、偶然にもオフェリアと同じルシアス魔法学園がある街ダレッタ。道中でスカウトされ護衛を引き受けたのだが、非常に実入りのよい仕事となった。

（ふふふ、夜盗を制圧した報酬も上乗せしてもらえたから資金に余裕ができたわ。今回のダレッタ滞在では、いつもより贅沢しちゃおうかしら。ユーグに美味しいものを食べさせてあげたいわ）

二日後に会える弟子を思い浮かべたオフェリアは、ご機嫌でグラスを傾けた。

「あら、美味しい。さすが良いものを取り扱っていますね」

「オフェリアさんのお口に合って嬉しいです。我が家は品質にこだわっていますから、他の商品もきっと気に入ると思います。たとえば、アクセサリーはいかがですか？」

早速売り込みなんて、さすが商家の跡取り息子だ。オフェリアは素直に感心する。

ただ、おしゃれなアクセサリーを買ったところでつけていく場所も機会もなさそうだ。申し訳なさそうに、苦笑いを浮かべた。

「ごめんなさい。あまり興味がなくて」

「そんな。オフェリアさんは可愛らしいのですから、着飾らないなんてもったいない。馬車の移動中も思っていたんです。もっとレディとして、輝かせることができそうなのにと」

アンディの声色は真剣みを帯びていた。表情も緊張でわずかに強張っているようにも見える。

これが客の心を摑む商人の演技なら良いのだけど……。

「商売上手ですね。いつか興味がでたら、アンディ様のお店にお世話になろうかしら」

「お世辞だとお思いですか？　オフェリアさんを可愛らしいと思っているのは本心ですよ」

まさか、と思ってアンディを見上げれば、彼の眼差しは熱を孕んでいた。耳の先も少し赤い。

オフェリアのグラスを持つ手に力が入る。

「太陽に照らされた髪は銀糸のような滑らかな眩さがあり、瞳はまるでサファイヤのように綺麗です。そんな高貴な色を持っている一方で、笑みは柔らかくて気取っていない。なんて可愛らしい女性なのだろうと思っていました」

「……」

「華やかなワンピースやドレスに興味はありませんか？　貴族の令嬢にも負けない可憐なレディになるはずです。私に、贈り物をする栄誉を与えてくれませんか？」

裕福な男性からたくさん容姿を褒められ、自分に似合う素敵なプレゼントを捧げてもらえる。煌《きら》めくアクセサリーと上品な服を纏えば、実際に美しさを高めてくれそうだ。

普通の女の子であれば、憧れるようなシチュエーション。

しかし、オフェリアは普通ではない。

（アンディ様は、ギルバート様ではないのに……）

呪いのきっかけとなった、貴族令息ギルバートの言動や行動が記憶に蘇る。

オフェリアの容姿を細かいところまで褒め、付き纏うだけでなく、一方的にプレゼントも押し付けてきた。それこそ「君に似合うと思うんだ」と、宝石やドレスを山ほど。

毎回必死に理由をつけて断っていたが「なんて遠慮深いんだ」と解釈され、泥沼の一途を辿った。

そんな経験もあって、褒められていたとしても、容姿に興味を持たれると身構えてしまう。

（去年、ユーグから美しいと言われたときは平気だったから、もう大丈夫だと思っていたのに。偶然だったのかしらね）

幸いにも、アンディは誠実な人らしい。ギルバートと違って傲慢な態度ではないし、事前にオフェリアから承諾を得ようとしている。

きっと大丈夫。

「私の旅はまだ続きます。いただいても宝の持ち腐れになるでしょう。どうか、他の素敵な女性にご提案なさってくださいませ」

断りの気持ちを示すように、オフェリアは視線を落とした。

「そんな女性、いますかね？」

「アンディ様はまだお若いですから、大丈夫ですよ」

「若い……？」

「どうかしましたか？　だって二十歳ですよね？　私より若いではありませんか」

疑問を含んだアンディの声が以外で、オフェリアは頭をあげた。

するとアンディは、片手で額を押さえて苦笑した。

「はは、そうでした。年上の女性でしたね」

「はい？」

仕事の依頼を受けるときは新人魔術師と侮られないよう二十五歳と設定し、今回も護衛初日に自己紹介もした。仕事中も信頼を得られるよう、沈着冷静を意識していたはずなのに……解せぬ。

オフェリアは不満の視線をアンディに投げつけた。

「はは、すみません。素顔があどけなく見えたもので、無意識に年上のレディに対する礼を欠いてしまったようです。脈なしも納得だ。では、失礼しました。引き続きパーティーをお楽しみください」

吹っ切れたような笑みを浮かべたアンディは、颯爽《さっそう》と他の集団の輪に入っていった。

やはりギルバートとは違う。執着しそうな素振りが一切ないことに安堵しつつ、オフェリアは窓に視線を移す。

すっかり日が落ちて、外は真っ暗。室内の照明光が反射し、窓ガラスには不満げな表情をした自身の顔がはっきり浮かんでいた。

（うーん、二十五歳と言い張るには無理があったかしら？）

久々にまじまじと見た化粧っ気のない顔は、確かに設定年齢より少々幼いように見える。二十歳で止まった顔だから当然なのだが。

（もしかしてユーグも、私が年上に見えなくなってきたから、無意識に過保護になっているのかしら？　年々師匠愛が重くなっているのも、心配からくるのかも。そうだとしたら、早々に対策を打たなければならないわね）

今こうしている間も心配を募らせ、ユーグが勉強に集中できなくなっていたら責任重大だ。弟子の足を引っ張るなんて、師匠としてのプライドが許さない。

大人の女性に見えるためには、どうしたら良いのか。オフェリアは、むむっと小さく唸《うな》った。

「そうだわ！」

数分後、窓に映るオフェリアの顔は自信に満ちたものになっていた。

二日後。十九歳になったユーグと再会のときを迎えた。

オフェリアが予想していた通り、弟子は麗しさに磨きがかかっていた。黒髪はさらに伸び、目元は柔らかくも精悍さがある。

すれ違った女の子たちが目で追ってしまうほどの美青年へと成長を遂げていた。

だが、昨年と同じように動揺するオフェリアではない。

キラキラと輝くユーグに対抗するように、オフェリアは普段しないメイクをした顔で出迎える。

いつもより目鼻立ちがハッキリするようにパウダーを使い分け、唇には七十年ぶりにルージュを引いた。

鏡で確認したが、綺麗なお姉さん風に仕上がっていると自負している。まだ十代の弟子に色気では負けない自信があった。

実際に効果はテキメンで、今年はユーグが両手で目を覆ってしまった。

「昨年よりも美しく見えるのは、僕だけでしょうか」

「きちんと大人の女性に見える？」

「当たり前じゃないですか」

なんて言いながらユーグは耳先まで赤くして、指の隙間からしっかりオフェリアを覗いていた。

（ふふん、これが年の功ってものよ。伊達《だて》に百年以上生きていないわ）

親しい人の変化がどれだけ心臓に悪いか、身をもってユーグは知ったことだろう。

昨年の仕返しが成功できたオフェリアは、気分を良くしながら胸を張った。

だがその直後、急ぐようにユーグがオフェリアのフードを深く被せた。

「ユーグ⁉」

「しっかり被っていてください。今のお師匠様を他の方に見せたくありません。変な人に見つかったら危険です。絶対に狙われるし、絡まれます。ただでさえ心配なのに……あぁ、もうっ。お師匠様はいつもホテルまでの見送りを遠慮なさっていますが、今日だけはロビーまで送ります。良いですね？」

ユーグはこの数年で過保護を加速させていた。

だから今年は大人のお姉さんだとアピールし、心配されるような人間ではないと知らしめるつもりだったのだが、逆に過保護に拍車をかけてしまったらしい。

「邪魔が入らないよう、今日は定番のカフェではなく、個室付きのレストランでの食事をしましょう」

「そこまで必要かな？」

「お師匠様は、ご自身の美しさをもっと自覚するべきです」

苦言までいただいてしまった。

こんなにも弟子に心配される師匠なんて、自分だけではないだろうか。完全に作戦失敗だ。

しかし、オフェリアは不思議と残念に感じなかった。

むしろ、自分のことを気にかけてくれていることが嬉しい。

(そういえば、容姿をあれこれ言われるのは苦手だと再確認したばかりなのに、やっぱりユーグになら美しいと言われても大丈夫だわ。くすぐったさすら感じるなんて……師弟という親しい間柄だから?)

明確な理由は分からないが、悪くないように思う。

「分かったわ。ふふ、慣れないことして悪かったわね。ユーグに見せたかっただけなの。許して」

「——っ」

オフェリアの目には、フードの縁を握るユーグの手に力が入ったのが見えた。ぎゅーっと数秒力むと、そっとフードを離した。

「僕と一緒にいるときだけにしてください。それなら、変な人が絡んできても僕が守れますから」

守るという言葉が、妙にオフェリアの耳に響く。

だって守るというのは、強者が弱者に対して抱く気持ちだと考えてきたし、師匠の自分が弟子ユーグを守るのは当然の義務と捉えてきた。

実際に一緒に暮らしていた頃は手を貸し、いじめの問題を解決した。

だから、ユーグからオフェリアを守ると言われるなんて想像もしていなかった。

そう言ってくれていた人は全員、自分を置いて先にいってしまったと思っていたというのに。

「そう。頼もしいわね」

鼻の奥がツンとしてしまう前に、オフェリアは笑みを作ってみせた。

本当に弟子の成長が眩しくて困る。

「お師匠様を傷つける人は許しませんし、しっかり排除してみせます」

「怖いわね。ほどほどにしなさいよ」

「お師匠様がそう言うなら」

ユーグの笑みはどこか胡散臭《うさんくさ》いが、優しい弟子を疑うのは真の師匠ではないだろう。ここは信じることにして、おすすめの個室付きレストランに向かうことにした。

そして案内されたのは、想像以上に格式の高いレストランだった。

最高級には及ばないが、普通の平民は一生に一度利用するかしないかくらいのレベル。

そんな店で、学生のユーグが慣れたように注文していくではないか。

お小遣いは不自由のないよう送金しているが、頻繁に高級レストランに通えるほどではない。

「慣れているわね。ユーグは、この店には何回か来たことでも？」

食事が全て運ばれたタイミングで問いかけた。

するとユーグは微笑みを引っ込め、神妙な表情へと転じる。おもむろに、一枚の紙をオフェリアに差し出した。

「魔塔グランジュールより、スカウトが来ました」

「グランジュールですって⁉」

オフェリアは急いで紙を摑んで目を通した。

魔塔グランジュールは、大陸にいくつかある魔塔の中でも、圧倒的トップを誇る研究機関の最高峰。

もちろん魔術師の就職先としても一番人気で、尊敬するウォーレス師匠すら就職できなかったほどのレベルを有している。

実力が及ばなければ、合格者ゼロの年もあるくらい試験が厳しい。

大陸一のルシアス魔法学園で四年連続首席に君臨している星付きユーグなら、就職できる可能性はあると思っていたが……まさか魔塔側からスカウトが来るとまでは予想していなかった。

しかも紙の末尾に書かれたサインを見る限り、魔塔主ブリス・オドラン直々のスカウト。

「この店には、ブリス様たち魔塔の関係者とお話しする際に誘われ、何度かご馳走していただいたのです。それで僕は……」

ユーグは一度言葉を区切り、大きめに息を吸ってから続きを語った。

「卒業したら、魔塔グランジュールに就職しようと思います。魔塔でもっと魔法について極めたいのですが、許してくれますか？」

言葉の最後は、どこか謝罪をするような口振りになっていた。視線も落とされ、オフェリアと目が合わない。

(ユーグは、魔術師として高みを目指す場に、師匠ではなく魔塔を選ぼうとしていることを申し訳ないと感じているのね)

多くはないが、弟子に恩を仇《あだ》で返されたと憤る師匠も世の中に存在する。

暗に師匠では力不足だと弟子に宣告されているに等しいのだから、プライドが酷く傷つく魔術師がいるのも理解している。

特にユーグは、不老の解呪のために拾われた孤児。本来はヒントを探すオフェリアとの旅についていくべきだと考えているのだろう。

(本当に優しい子に育ったわ)

オフェリアは心からの笑みを向けた。

「すごいじゃない！　やっぱりユーグは自慢の弟子よ」

ユーグがパッと顔をあげ、揺れる瞳でオフェリアを見つめた。

「お師匠様、良いのですか？」

「だってあのグランジュールも認める魔術師の卵を、誰よりも先に私が見つけたなんて生涯の自慢にできるもの。私はユーグの選択を支持するわ。魔塔で頑張りなさい」

もとより自分ではユーグの才能を伸ばしきれないと思って、ルシアス魔法学園に入学させたのだ。弟子の成長と比べたら、自身のプライドなど紙切れのように軽い。

嘘偽りなく、ユーグの背中を押したいと思っている。

だというのに、弟子本人は少し残念そうに肩を落とした。

「どうしたのよ？」

「えっと……怒ることなく応援してくれたことは嬉しいのですが、僕と一緒に旅ができないことを、お師匠様が微塵《みじん》も惜しんでいないことに若干へこんでいます」

「寂しいの？」

「はい」

自らでオフェリアから離れた魔塔で魔法の研究に勤《いそ》しむ選択をしたため、ユーグの重すぎる師匠愛が改善されたかにみえたが思い違いだったようだ。

(寂しがってくれることを嬉しく思う私も大概だけどね)

重くて困惑するけれど、ユーグが自分を慕ってくれていることに救われているところがある。

もちろん、恥ずかしいのでおくびにも出さないけれど。

すると、そんな弟子から力強い眼差しを向けられる。

「でも、これでお師匠様が理想とする魔術師に近づけます。僕が呪いを解く方法を編み出すまで、もう少し待っていてください」

言葉には覚悟が宿り、瞳はやる気と自信に満ちていた。ユーグは不老が解呪できると、信じ切った様子だ。

せっかく抑え込んだ熱いものが、またもやオフェリアの胸の奥から込み上げようとする。

（今は、まだ早い。まだ、その時じゃない）

　これまで重ねてきた人生が警鐘を鳴らした。踏みとどまれ、と言っている。

「嬉しいこと言ってくれちゃって。弟子が凄すぎて、もう師匠の立場がないじゃないの」

　葛藤を悟られないよう、大袈裟に笑みを作った。

「お師匠様がしっかりと教え込んでくれた下地があったからこその結果です。お師匠様なしでは、僕はここまで成長できませんでした。これまでも、この先も、あなたは僕にとって誰よりも大切な人です」

　せっかく冗談めいた言葉を選んだのに、弟子の師匠愛の重さには困ったものだ。

　年を取ると涙腺が緩むなんて話、不老の自分には関係ないと思っていたのに違ったらしい。わずかに、青い瞳に涙の幕が張るのを感じた。

　それでも、流しはしない。

　師匠としてのプライドをかき集め、笑みを保ってみせる。

「ありがとう。さ、完全に冷めてしまう前に食べましょうか！　魔塔主が選ぶお店だけあって、美味しそうね！」

「はい。特にお肉が美味しいんですよ」

　勧められるままに口に運べば、その美味しさに感動する。

「旨味がしっかりしているし、柔らかいわ！　美味しいっ」

「ですよね。初めて食べたときは僕も驚きました」

幸いにも、ユーグはオフェリアの涙のわけには踏み込んでこない。

そのことに安堵しながら、食事の話を弾ませ、心を落ち着かせようと努める。

しかし滞在期間を終えても、オフェリアの気持ちは揺れたままだった。

＊＊＊

クレス歴九百六十年。

二十歳になったユーグは、いよいよルシアス魔法学園の卒業式の日を迎えていた。

歴史ある大ホールの一階には卒業生が、それを囲むように造られた二階の観覧席には卒業生の保護者や師匠たちが集まっていた。

二階席からオフェリアは、壇上で卒業証書を受け取るユーグを見つめる。

ユーグは五年間首席を守り通し、見事卒業生代表として壇上に上がった。早くも魔塔グランジユールのローブを着た姿は堂々としていて風格があり、すっかり一人前の魔術師そのもの。

卒業式が終わってホールでの歓談の時間になるなり、多くの生徒に囲まれた姿が見られたことから、ユーグはしっかり人脈も人望も集めたようだ。

「私が、二十歳のときとは比べ物にならないくらい立派ね」

「えぇ、ユーグ君は素晴らしい魔術師になりました」

「――あなたは」

小さな独り言に返事があるとは思わず少々驚いたが、相手の顔を見て警戒を解いた。

オフェリアの隣に腰を下ろした男性は上質な生地で仕立てられたローブを纏い、胸にはルシアス魔法学園の教師を示すバッジをつけている。オフェリアの記憶よりずっと年を重ねていたが、気難しそうな顔立ちは見間違えるはずがない。

「クラークさん、十五年ぶりかしら？」

「それくらいになりますかね。まだ覚えてくださっているようで嬉しいですよ」

「当たり前じゃない。私の事情を知る、貴重な友人ですもの」

「それは光栄です」

クラークは口元を緩めながら、視線をオフェリアから一階へと向けた。

「ユーグ君は、この五年で私が持っている知識の大半を吸収しましたよ」

クラークが研究している内容は、高度な計算学を用いた最先端の魔法陣についてだ。クラークが三十年以上という長い歳月をかけて追求してきた研究を、ユーグはたった五年で自分の物にしたというのだろうか。

「まさか、さすがにユーグでも……」

にわかに信じられず、オフェリアはクラークに怪訝《けげん》な眼差しを送ってしまう。

だがクラークの横顔は、嘘をついているようには見えない。

「素晴らしい魔術師の卵を見つけた――というよりも、よく育てましたね。あの子は未知の魔法が目の前にあれば、貪るように学ぶ。しかもどれだけ食べても満足しない、猛獣のようだ。私が先に見つけて育てても、あのようにはならなかったでしょう」

「クラークさんがそこまで言うなんて、本当にユーグは頑張ったのね」

「真面目や優秀、という言葉で片付けられるレベルではありませんでしたよ。最初はあったはずの嫉妬も枯れてしまったほど、ユーグ君は本物の天才だ。生まれ持った素質も、努力への熱量も桁外れ。私に、魔法陣を教えられる最高の雛《ひな》を貸してくれて感謝しています。ぐんぐん成長していく姿を間近で見られて、非常に楽しかった」

ユーグと過ごした日々を思い出しているのだろうか。瞼を閉じ、軽く天を仰ぐクラークの姿は、心から満足しているように見えた。

弟子の成長が嬉しい気持ちは、オフェリアもよく知っている。それが自分の手によるものではなくても、だ。

「感謝しているのは私のほうよ。五年間ユーグに魔法を教えてくれてありがとう。どれだけ素晴らしい雛でも、私だけではここまで大きな翼は与えられなかったわ。ユーグも、クラークさんをもうひとりの師匠と思っているはずよ」

毎年、一週間だけユーグと過ごす期間を作ってきたが、彼の口から語られる話題のほとんどはクラークとの時間についてだった。

どのような魔法を教わったのか。魔法陣の出来が良くて褒めてくれたとか。風邪《かぜ》を引いたときお見舞いに来てくれて嬉しかったなど。口振りから、クラークもまたユーグにとって大きく大切な存在だということが伝わってきた。

友人に関する話題も年々増えたが、それでもクラークには及ばない。

ルシアス魔法学園でのユーグの生活を支えたのは、間違いなくクラークだ。

「師匠がふたりなんて、なんだかユーグはクラークさんと私で育てた子どもみたいね」

「私とオフェリア殿がユーグ君の両親と？」

両眉をあげたかと思うと、クラークは額を覆うように手を当てて黙ってしまった。

魔術師の世界で有名な教師に、無名の呪われた魔術師が横に並ぶような発言は失礼だっただろうか。

気分を害してしまったのではないかと不安になったオフェリアは、謝ろうと口を開こうとしたのだが――先にクラークの口から笑い声が漏れた。

「はっ――……くくくっ、それは最高な考え方ですね。オフェリア殿にそう言っていただけるとは。ふっ、くく、失礼。少々意外で、案外嬉しくて」

クラークは額にあった手で口元を隠し、声を抑えるように肩を揺らした。笑い声を我慢しているせいか、皺の寄った目尻にはわずかに光るものが滲《にじ》んでいる。

（そこまで面白いことを言ったつもりはないのだけれど、笑いすぎじゃない？）

オフェリアは、戸惑いながらクラークの笑いが収まるのを待つ。

そして、ひとしきり満足したクラークは「ユーグ君本人には言わない方が良いでしょうけどね」と前置きしてから、落ち着きを取り戻した態度で告げた。

「私が集めた希望の種は、ユーグ君に託しました。これから本当の戦いを迎えるあの子を、どうかオフェリア殿がそばで支えてやってください」

「希望の種を集めた……って、まさかクラークさんがしていた研究も、ユーグに魔法陣を教えたのも」

「いよいよ花が咲くと、私は信じています。それでは失礼」

質問は受け付けないと言わんばかりにクラークはさっと席を立ち、出口へと踵を返した。

一方でオフェリアは、真実が知りたくて引き留めの言葉を口にしようとした――が、喉より先には出なかった。

軽く口元に弧を描いたクラークの横顔はあまりにも清々《すがすが》しく、やり切った顔をしていたから。

つまり、花は咲くと確信しているということで……。

突然差し出された希望の光を、どう受け止めれば良いのか。驚きで声をかけられないまま、オフェリアは友人の背を視線で追うことしかできない。

ちょうど観覧席にユーグもやってきたが、クラークはすれ違い様に弟子の肩を軽く叩くだけで、振り返ることなく会場の外へと向かっていく。

(あ、ありがとう……っ)

オフェリアは慌てて立ち上がり、クラークの背に向かって頭を下げた。

ただただ、感謝以外の言葉が見つからない。

「お師匠様が頭を下げるなんて、クラーク先生と何を話していたのですか?」

「えっと、ユーグがお世話になりましたっていう感謝の気持ちを、もう一度伝えたくて。それより、本当に立派になったわね」

オフェリアは頭を上げて、駆け寄ってきたユーグの姿を目に焼き付ける。

落ち着いた雰囲気もあって、実年齢より少し大人びた印象を受ける。ついに、見た目はオフェリアの年齢を追い越してしまったらしい。

いや、見た目だけではなく魔術師としての知識量も超えたに違いない。あの偉大な魔術師クラークが希望を託し、魔塔グランジュールがスカウトするほどなのだから。

「お師匠様?」

じっと黙って見つめるオフェリアに、ユーグは首を傾けた。

「その呼び方やめない? 学費の援助も終わったし、魔塔に就職が決まったユーグはもう一人前の魔術師よ。師弟関係ではなく、これからは対等でいきましょう」

「どういうことですか?」

「師匠呼びを止めて、これからは私のことも名前で呼んでみない？」

ユーグは少し瞠目して、息を呑んだ。そしてわずかに唇を震わせながら、名前を紡ぐ。

「オ……オフェリア様？」

たどたどしい口調がくすぐったい。もう少しサービスしても良い気分になる。

「様はいらないわ。気軽に呼び捨てで良いわよ」

そう告げると、ユーグの目はさらに大きく開かれた。息をするのも忘れて、オフェリアを見下ろしている。

このまま酸欠で倒れてしまわないか、心配になってしまう。

「ほら、気軽に呼んでみなさい」

「――……オフェリア」

「ふふ、新鮮ね。改めて卒業おめでとう。五年間、よく頑張ったわね」

名前を呼んだことでようやく大きく息を吸ったユーグを、オフェリアは抱き締めた。

ユーグを抱き締めたのは、一緒に住んでいた家を出たとき以来、五年ぶりだ。

これからは対等な魔術師同士。師匠として弟子を褒めるのはこれが最後になるだろう。だから腕に力を入れて、ありったけの愛情を込める。

するとユーグも、オフェリアを強く引き寄せた。遠慮がちだった五年前と比べて迷いがない。

逞しくなった腕の中に、すっぽりとオフェリアを収めてしまう。

（ユーグって、こんなにも大きかったっけ？）

完全に逆転してしまった体格差に、改めてユーグが大人の男性になったのだと思い知る。見た目から理解していたつもりだったが、想像以上に成長していたらしい。

気付けば、他の保護者や魔術師はもう観覧席の外に出ていて、周囲には誰もいない。

ふたりっきりの空間で抱擁していることに照れてしまうような、いけないことをしているような、なんだか気分が落ち着かなくなっていく。

「ユーグ、そろそろ……聞いてる？」

離れようとオフェリアが腕の力を緩めた一方で、ユーグの腕の力はさらに強まった。

「ユーグ？」

「オフェリア、僕が一人前ということは、正式に解呪の協力をする魔術師として名乗り出ても良いのでしょうか？」

「……そうね。と言いたいけれど、あなたほどの素晴らしい魔術師に払える対価が私に用意できるかしら」

解呪の協力者には見返りを用意して、筋を通すのがポリシーだ。金品だったり、難易度の高い依頼を受けたり、その時々で内容は様々。元弟子とはいえ、きちんと対価を用意すべきだろう。

しかし、高給取りの魔塔グランジュールに就職したユーグには、オフェリアの全財産を貢いでも対価に値しなさそうだ。貴重な魔法書も実験の素材も魔塔の方が揃っているだろうし、新しく教えられる有用な魔法が残っているかも怪しい。

ユーグに差し出せるものが思い浮かばず、オフェリアは苦笑した。

「心配いりません。オフェリアは僕を育ててくれた師匠ですから、特別に割引しますよ」

「あら、育ててくれたから無償とは言ってくれないのね。しっかりしてるじゃない」

「無垢な子ども時代は終わりましたから。そして対価の内容を指定して良いのなら時間をください。オフェリアの時間を、僕に」

「時間？」

オフェリアが見上げると、ユーグは腕の力を緩めた。そして体を離す代わりに、彼女の手を両手で包み込む。

「条件付きで、個人の研究室をいただけることになりました。その条件が魔法陣を用いた時間干渉について研究することなのです。不老にも関係しているので、呪いの情報についてもっとオフェリアと頻繁に相談したいですし、研究に専念したいので身の回りの世話もお願いしたいのですが」

「助手を飛ばして個人の研究室をもらえるなんて、特別待遇じゃない……って、つまり？」

「僕と一緒に暮らしましょう。またオフェリアのハンバーグが食べたいです。できれば、チーズ入りの」

立派な青年になったはずのユーグは頬を赤らめ、ご褒美の日によく作っていたオフェリアの手料理を求めた。

思い出の味を恋しがってくれる姿はなんとも愛らしく、あっという間にオフェリアの母性は鷲《わし》摑《づか》みにされる。

突然の同居のお誘いには多少驚いたが、今年は念のためスケジュールを空けていた。いくらでも融通はつけられる。

断る理由は皆無。まだユーグを支えられるという存在価値があって嬉しいくらいだ。

「良いわ。ユーグとまた暮らせるなんて楽しみね」

「僕もです！　ありがとうございます！」

花が開いたような笑みを浮かべると、ユーグは喜びのままオフェリアを抱き締めた。大きな手のひらが、背中を通って遠慮なくオフェリアの肩と腰を抱く。

「ユ、ユーグったら」

「やった！　また一緒にいられる。本当に嬉しいです！」

「〜〜っ」

またもやユーグを異性だと意識してしまい恥ずかしくなってしまう。けれど、こんなに喜んでいる相手を突き放すこともできない。

(早まった？　ううん！　前も上手くやっていたし、大丈夫よね)

妙な不安が芽生えるが、すぐに頭の奥へと追いやる。

こうしてオフェリアは、五年ぶりにユーグと共同生活をすることになったのだった。

＊＊＊

魔法陣の権威ビル・クラークは、校舎の回廊から卒業生が学び舎《や》を旅立つ姿を眺めていた。誰もが弾むような足取りで校門の外へと出ていく。

（あれは――）

その中に、オフェリアとユーグの後ろ姿を見つけた。ふたりは仲良く並び、ときどき互いに顔を向けながら笑っている。

同年齢に見える彼らが師弟関係なんて、ほとんどの人が気付かないだろう。恋人同士だと説明したほうが説得力がありそうだ。

「ふっ、もう終わったことなのに情けない」

恋心に区切りをつけたつもりだったが、正直まだ羨ましい気持ちが淡く残っている。

十五年ぶりに見たオフェリアは、出会った三十五年前から何ひとつ変わっていなかった。雪の妖精のような美貌も、真っすぐで明るい性格も何もかも。

不老という呪いを受けたのが普通の人間であれば荒《すさ》み、自暴自棄になり、健全ではいられないというのにオフェリアの心は穢れていなかった。

（百年以上も経っているのに、本当に美しい人だ）

クラークが惹《ひ》きつけられたのは、容姿よりも高潔な内面にある。

そんなオフェリアを救うべく、解呪の研究に人生を捧げた。自分が悪魔の闇を払い、本来の輝きを取り戻してあげたいと思っていた。

ただ、クラークひとりでは間に合いそうもなかった。

「ユーグ君、これからが勝負ですよ」

そっと、小さくなっていく青年の背に呟く。

人間の時間の進行速度は、想像以上に速い。今は同世代に見える容姿も、油断していたらあっという間に差が開いていく。

そして残された時間の少なさに絶望するのだ。恋の有効時間ではなく、自分が生きていられる時間の短さのほうに。

クラークも無我夢中で魔法陣の研究を進めてきたつもりだが、果たして自分が生きている間に目標に辿り着くのか、十年ほど前から疑うようになっていた。

年を重ねるごとに思考の鈍さを感じるようになり、画期的な閃きの頻度も計算速度も落ちてきた。理想と現実の乖離《かいり》から目を背けることが難しくなっていった。

いよいよ、若い弟子を見つけて引き継ぐときが来たか――と腹を括った。

こんな日が訪れることを想定して、優秀な魔術師の卵が集まるルシアス魔法学園の教師になったという背景もある。

　そして生徒らを品定めしながら待っていたとき、彗星《すいせい》のごとく現れたのがユーグだった。入試では引っ掛け問題をものともせず、あまりにも的確な解答文に教師陣は唸ったものだ。入学後の実技試験においても実力は申し分ない。

　むしろ攻撃魔法に関しては、すでに教師陣の実力に匹敵していた。

　ユーグの師匠がオフェリアだと判明したとき、納得したと同時に運命だと思った。彼女の弟子が相手なら不老について隠さずに済み、呪いと魔法陣を絡めて教えられるため都合が良かったからだ。

　利用するつもりで、ユーグに声をかけた。

　はじめは、長年続けてきた研究成果が他人《ユーグ》のものになってしまうことに、自分で誘っておきながら心中穏やかではいられなかった。大人げない意地悪な言葉を投げてしまった自覚もある。

　しかしユーグは臆することなく、研究に食らいついてくるではないか。ともに研究室で過ごしていくうちに、クラークの態度は軟化していった。

『ぐんぐん成長していく姿を間近で見られて、非常に楽しかった』

　オフェリアに語った言葉は本心だ。

　寝る間も惜しんで徹夜で勉強に没頭するユーグの姿勢は称賛を越え、倒れてしまわないか案ずるほど。気付いたときにはクラークのほうからあれこれ世話を焼いていた。

ユーグの目の下の隈《くま》の濃さに驚き、強制的に眠らせたこともある。

『どうしたら、落ち着いた……余裕のある雰囲気の大人になれますか？』

何年前だっただろうか。不服そうにしながらも、ユーグが恥ずかしそうに聞いてきたときは愉快だった。恋心を拗《こじ》らせた結果、クラークは五十歳を過ぎても独身だというのに、恋愛相談を受けるときがくるとは夢にも思わなかった。

オフェリアに好かれたくて背伸びする青年の悩みは非常にいじらしく、他でもない自分を頼ってきたことが嬉しかった。

想いを寄せる人のために脇目も振らず、一途《いちず》にこれだけの情熱を見せられて、絆《ほだ》されないほうが難しいだろう。自然とユーグを応援している自分がいた。

魔法も処世術も、教えた分だけ余すところなく吸収していく子どもの姿を見るのがこんなにも楽しいのかと、不相応ながら父親になった気分を味わうこともできた。

だから、オフェリアに「クラークさんと私で育てた子どもみたいね」と言われたときは、研究に捧げた人生が報われたように感じてしまった。

恋が叶ったわけでも、彼女との間に子が生まれたわけでもないが、ユーグという共通の教え子を通して夫婦気分を一瞬でも味わえただけで幸せだ。

だから願う。

「オフェリア殿、次はあなたの番です。どうか、報われんことを」

クラークは踵を返し、研究室へと向かった。
この先も可愛い教え子が自分を頼れるよう、魔法陣をさらに追い求めるために——。

第八章『不安定な距離感』

「なんか違う」

オフェリアは、鍋でぐつぐつと煮込まれているシチューを見つめながら呟いた。

卒業式が終わった翌日、ユーグに案内されたのは魔塔グランジュールから徒歩圏内の二階建ての一軒家。オフェリアが家に入った時点で、昔ふたりで使っていた家具まで配置されているという用意周到さには驚いたものだ。

魔塔グランジュールがある街とルシアス魔法学園があった街ダレッタは隣同士。馬車で一時間の距離なので比較的近いものの、ひとりで内装を整えるのは大変だったはず。

『ユーグったら張りきっちゃって。でも、お陰でスムーズに以前と同じ生活が始められるわね』

そうオフェリアは心の中で感謝していたのだが……なんだか変だ。

「違う？　味付け失敗しました？」

ユーグがオフェリアの隣に立ち、顔を寄せるように鍋を覗き込んだ。

その顔の近さに、オフェリアの鼓動は勝手に加速する。密かに横にずれて距離を開けようとした。

「オフェリア？」

しかし開けた距離も、ユーグが不思議そうな表情を浮かべすぐに詰めてしまう。

同居生活をはじめて早一か月。ユーグからどことなく醸し出される甘い空気にオフェリアはタジタジだ。あと、なんか近い。

数年前はなんとも思っていなかったのに、ユーグがそばにいるだけでなぜか緊張してしまう。

昔と同じく家族のような気安い雰囲気をイメージしていただけに、今の状況は想定外のこと。どうしたら新生活に馴染めるのか、今日も頭を悩ませている。

「失敗はしていないはずよ。味見したら、いつもと少し違うような気がしただけ」

「オフェリアの料理はどれも美味しいですから、いつもと味が違っても全部食べるので安心してください。作ってくれてありがとうございます」

そう言いながら、ユーグはオフェリアの頭をポンと撫でた。しかも蕩《とろ》けるような目線までもらってしまった。

オフェリアは、耳を真っ赤にして堪《たま》らず問いかける。

「最近、な、なんですぐに撫でるの⁉」

同居してからのユーグは、ふいにオフェリアの頭を撫でることが多くなった。よしよし、あるいはポンポンと軽くではあるが頻繁すぎる。

最初は、同居に対する喜びが抑えきれないだけで、しばらくすれば落ち着くと思ったが、一向に改善する様子はない。最低、一日一回は撫でられているのではないだろうか。

頭を撫でられるなんて、それこそ百年ぶりに近い。慣れない扱いにくすぐったさが込み上げる。

意思とは関係なく自然と顔に熱が集まり、そんな顔を見られるのもまた恥ずかしい。

オフェリアは抗議の意も含めて睨んでみた。

だというのに、ユーグの笑みは綺麗に保たれたまま。

「だって良いことをしたら、思い切り褒めるのがお師匠様でしょう？　その弟子が真似るのは当然ではありませんか。それともオフェリアがやってくれたように、僕から抱き締めるほうが良いでしょうか？」

「抱き、締め……」

ユーグに抱き締められた卒業式のときの温もりが記憶に蘇り、オフェリアはますます顔を赤くさせた。

自分からユーグにしていたスキンシップを返されるだけなのに、平静でいられない。

（卒業式の後から妙にそわそわしちゃう。抱き締めるくらい、これまで戸惑うことなかったのに。それにユーグの説明も一理あると言えば、あるけれど）

ここで『弟子は師匠を真似る』ということを容認してしまったら、ユーグは積極的に実行に移そうとする気配がある。

今だって軽く両腕を広げ、いつでも動けるよう準備万端。

危険だ。あの逞しくなった腕に捕まったら、抜け出せない予感がする。

芽生えさせてはいけない気持ちが顔を出す前に、オフェリアは蓋をした。

「抱き締めちゃ駄目よ。もう大人なんだから簡単にすることじゃないわ」

「それは、もう僕を子どもとして見ていないということでしょうか？」

「当たり前じゃない。こんなに背の高い子どもがいるものですか！」

「なるほど。身長が伸びて良かった。嬉しいです」

回避に必死なオフェリアに対し、ユーグは余裕の態度だ。彼は上機嫌で、夕食に使う食器の準備を始めた。

（平然としているなんて、ユーグにとって抱擁は『師匠の真似』以外の理由はないってことよね？なのに、私だけ緊張しちゃうなんて……あぁ、もうっ）

負けたような状況が、少しばかり悔しい。

オフェリアは八つ当たりで、ユーグの分のシチューは肉を少なくして器によそったのだが……

「やった！　おかわりしたらお肉が多い」

と、ユーグを喜ばせるという結果に終わってしまったのだった。

＊＊＊

「百年以上も不老の力が弱まっていないところを見るに、悪魔が影響を及ぼせるようオフェリアに印をつけているはず。どこに印をつけたか、調べる手段に覚えがありますか？」

「悪魔は釣りをするように魔力の針と糸を垂らして、生贄《いけにえ》を捕まえるとされているわ。そして邪悪な魔力でマリオネットのように操り、召喚主を支配する。その糸の辿り方の実験について書いたノートがどこかに……あったわ」

オフェリアは棚から分厚いノートを手に取ると、該当ページを開いた。

ユーグはノートを受け取ることなくオフェリアの横に顔を並べて、そのままノートを覗き込んだ。

(やっぱり、近いっ)

二度目の同居をはじめて一年が経ったが、相変わらずユーグの距離感にオフェリアはドギマギしている。

今日はユーグの仕事が休みなので、一緒に解呪について議論していたのだが集中しきれない。

そもそもユーグは普段から、ソファには膝がぶつかりそうなほどの近さで隣に座るし、一緒に出掛ければ「危ないですよ」と距離に余裕があっても馬車から守るようにオフェリアの肩を引き寄せる。

まるで愛しのお姫様のように扱ってくるのだ。

(師匠愛が強すぎる。学生時代は年に一度しか顔を合わせなかったから当然かと思っていたけれど、毎日顔を合わせているのに悪化するなんて誰が想像できたかしら。お年寄りを大切にする姿勢は心優しく育った証拠なのだろうけど、老婆である私にこの若々しい青年の雰囲気は刺激が強

いのよね）

ユーグの師匠愛を改善するより、自身がこの扱いに慣れたほうが早い、とも思ったが成功したためしはない。連敗の記録を更新し続けている。

（きっと、ユーグの顔が良すぎるのが悪いんだわ）

どうも自分は、知的さを感じる髪型や目尻を柔らかく下げる微笑みに弱いらしい。その両方を兼ね備え、もとより麗しい顔を持つユーグはまさに最強。

だからといって顔を見ないで一緒に生活するのは不可能なため、オフェリアの苦悩は尽きない。

ただ、解呪について議論しているときのユーグは真剣な面持ちであり、甘い雰囲気を漂わせないのが救いだ。

今も黄金色の眼差しは鋭く、ノートに一直線。すっかり頼りがいのある魔術師の横顔を見せている。

「これまで呪いそのものを打ち消す、あるいは封印によるアプローチで研究していましたが、オフェリアに絡まった悪魔の糸を切断する方法も視野に入れましょう。このノート、魔塔に持っていっても？」

「良いわよ。関連しそうな他の文献もピックアップしておくわ」

「助かります。もう少しで何か摑めそうな気がするんですよね」

ユーグはソファに腰掛けると、他の文献と照らし合わせ始める。

その文献をちらっと覗いてみるが、もはやオフェリアでは理解できない次元の計算式がびっちり書かれていた。クラークの教えの賜物だろう。

(今はなんとかユーグの相談相手になれているけれど、あと何年できるのかしら)

オフェリアは密かに苦笑しながら、有用そうな悪魔の資料を精査していく。

理想の魔術師を育てるつもりで拾った孤児は、すでに理想以上の魔術師になった。

知識や魔法の技量もトップクラスで、その才能をもって不老の解呪の研究に打ち込んでくれている。これまでで一番、解呪に近付いている手応《てごた》えを感じていると言っても過言ではない。

『いよいよ花が咲くと、私は信じています』

卒業式の日に告げられた、クラークの言葉が脳裏に響く。今度こそ、本当に解呪方法が見つかるかもしれないという期待は、自然と膨らんでいく。

(でも……まだ早い)

もう何度目になるだろうか。オフェリアは、密かに戒めた。

悟られないようため息を呑み込み、繰り返し読んだせいで角がなくなっているノートを棚に戻した。

「あら、この本は確か」

まもなく昼の時間に差し掛かろうという頃。オフェリアが共有の研究部屋の資料を整理していると、ユーグの愛読書がテーブルに残されていることに気が付いた。

クラークお手製の、世界で一冊だけの分厚い魔法陣攻略本で、ユーグが常に持ち歩いていた相棒だ。

珍しく今朝《けさ》のユーグはオフェリアが起こしに行くまで熟睡していて、出勤の時間に遅刻ギリギリ。慌てて家を出ていったから忘れてしまったらしい。

魔塔の研究室で困っている彼の姿が頭に浮かぶ。

「届けに行かないとね」

些細なことでも、ユーグの役に立てることがあって嬉しい。お礼を告げる笑顔のユーグが、自然と頭の中に浮かんだ。

「ユーグのことだからまた私の頭を撫で――って、私ったらどうして期待しているのよ！　毒されちゃ駄目だって！」

オフェリアは頭をふって邪念を頭の外に追いやる。そして魔法陣攻略本を携えて家を出たのだが、その足取りはとても軽快だった。


魔塔グランジュールは、大陸一の魔塔。

建物は砦《とりで》のように大きく、中央の尖塔《せんとう》は王城に負けないほど高い。一階は一般人も自由に出入りできるロビーになっていて、右にはフリーの魔術師に仕事を紹介する窓口が、左には魔術師に助力を求める依頼者の窓口がある。

他の魔塔で解決できない依頼は最終的にグランジュールに舞い込むこともあって、それぞれの窓口では、依頼者が長い列をなしていた。

仕事をもらいに来るフリーの魔術師も、中途半端な実力では仕事を紹介してもらえない。一目見ただけで、仕事を探しに来た魔術師も手練《てだ》れだとわかる。

そんな手練れすら就職できないのが魔塔グランジュールだ。

(やっぱりユーグはすごいわよね)

改めて実感しつつオフェリアは、奥にある研究員に取り次ぎをしてもらう連絡カウンターに向かう。

共同研究者である外部の魔術師や、重要案件を持ち込む貴族当主が利用するそこは、いつもなら少々厳粛な雰囲気が漂う場所だ。

だが、今日は様子が違った。

「ユーグ様にお取り次ぎいただけませんか？　わたくしたち、ユーグ様をお茶会にお誘いしたく、招待状をお持ちしましたの！」

いかにも育ちの良さそうな、華やかな装いの十代後半くらいの女の子——令嬢と思われる五人組が連絡カウンターの半分を塞いでいた。

(ユーグって、あのユーグ⁉)

ドキドキしながらオフェリアは、列に並んで聞き耳を立てる。

「お約束はなさっていますか？」

令嬢たちに対し、受付嬢は毅然《きぜん》とした態度を崩さず問う。

するとリーダーと思われるツインテールの令嬢が前に出た。

「その約束を本日は取り付けに来ましたの」

「申し訳ございませんが、事前の申請なしに正研究員との面会は受け付けておりません。本日急に来られてもお取り次ぎできかねますので、まずは申請書の記入をしていただき、承認されてからお越しくださいませ。招待状に関しては検閲したのち、研究員へお渡しすることも可能ですので、お預かりもできます。ただ面会の受け入れや招待状の返事は研究員の判断に委ねておりますので、お客様のご希望が叶うかどうか保証は致しかねます。また断った際に研究員を責めるようなことがあれば、魔塔で対抗措置をとる場合があることも念頭に置いていただけると幸いです。どうなさいますか？」

事務的に原稿を読み上げるように、受付嬢はよどみなく言い切った。

言い慣れている口振りから、初めてでないことが窺い知れる。

しかし、令嬢たちは「そこをなんとか。せっかく足を運びましたのに」「招待状をお渡しするだけですから、お時間は取らせません」「今からでも、ユーグ様に直接お目にかかれないか確認してくださらない？」となかなか引かない。

（受付嬢にハッキリ断られているのに、さすが若者。すごい熱量ね）

思わず感心していると、オフェリアの後ろから「またか」という落胆のため息が聞こえた。彼女は振り返り、同じく順番待ちをしていた壮年の男性魔術師に小声で問う。

「また、とは？」

「グランジュールに随分と見栄えのいい青年の魔術師が入ったんだが、その魔術師会いたさに若い女の子が度々突撃してくるんだ。その魔術師は基本的に魔塔に引きこもっているが、他の研究員のサポートで公の場に出た際に、魅了された女の子が出てくるらしい。たいていは依頼主の娘って噂だ」

オフェリアはほとんど魔塔を訪れないため知らなかったが、令嬢が突撃してきたことは初めてでないらしい。

「その青年魔術師は、やはり人気なんですか？」

「魔塔の中で会ったことはあるが、物腰が柔らかくて落ち着きがある好青年だった。女遊びをしているようには見えない堅実な印象で、なんと言っても顔が良い。そんでグランジュールの正研究員というエリート魔術師となれば、初心な女の子は彼の特別になりたいと夢見るもんさ」

「そうなんですか。凄いですね」

オフェリアは他人事のように感心する素振りをしたが、胸がチクリと痛むのを感じた。

老婆《オフェリア》にだって困惑するほど甘いユーグのことだから、他人にも優しいはずだ。魅了され、恋する女の子がいても不思議ではない。

モテるなんて、数年前から予想もできていた。『さぞかしモテるでしょう?』と揶揄ったこともある。

だが、いざ目の当たりにすると面白くない。モヤッと、形容しがたい闇色の何かが胸の中に広がっていくのを感じる。

(ユーグが慕われることは良いことなのに、どうして素直に喜べないのかしら。ユーグがモテていることを隠していたから? ううん、師匠に恋愛事を報告するほうがおかしいわ……そう理解しているのに、寂しいような、苛立《いらだ》ちに似たようなこの胸のモヤモヤは何?)

百年以上の人生で初めて芽生えた謎の感情に困惑しつつ、受付嬢に迫る女の子たちを眺める。

食い下がるところを見るに、お遊びでユーグに会いに来たわけでないようだ。

しかし、譲る気配のない受付嬢に根負けしたのか、令嬢たちはそれぞれの招待状を預け始めた。

リーダーと思われる蜂蜜色の髪をツインテールにしている令嬢は、特に悔しそうにしていて、招待状を渡す指に力が入っているのが見えた。本気度の高さが窺える。

もしユーグが招待状に応じたら、あの手この手で好意をアピールするのだろう。

令嬢の気持ちを受け入れるかどうかはユーグが決めることなのに、やっぱり面白くない。

(これは、あれね。さっきから変な気持ちになるのは、子離れできない親ならぬ、弟子離れできない師匠ってところかしら。みっともない)

たしかに、ユーグはオフェリアが大切に育ててきた子だ。当然のように情がある。

しかし、執着心を持ってはいけない。

対等な魔術師の関係になったのに、今さら師匠の立場を笠《かさ》に着てあれこれプライベートに口出しするなんて愚かだ。

これ以上醜い感情が強くならないよう、オフェリアは令嬢たちから視線を外そうとする。

そのとき、カウンターの奥にある研究員の専用出入り口の扉が開いた。

「「――っ」」

意気消沈していた令嬢たちが一瞬で色めき立つ。

なぜなら、扉から出てきたのは話題の美貌の魔術師ユーグだったのだから。

「少し外出します」

ユーグはカウンター内の事務員に伝えると、端からロビーに出ようとする。

だが、職場まで突撃してくる令嬢たちがこの機会を逃すはずはない。

「お待ちになって！」

令嬢たちは黄色い声をあげて、あっという間にユーグの行く手を塞いでしまった。

受付嬢は両手を合わせ「ごめん」と、ユーグに無言の謝罪を送っている。

「……お嬢様方、僕に何か御用ですか？」

ユーグは微笑みつつも、眉を下げて困惑を示しながら令嬢たちと向き合った。

明らかにユーグは迷惑そうにしているのに、令嬢たちは頬を赤らめる。

「わたくし、ロロット子爵の娘アリアーヌでございます！　先日は、我が領地のことでお世話になりました。改めて御礼のお茶会にお誘いしたく、招待状をお持ちしましたの」

ツインテールの令嬢はアリアーヌというらしい。彼女に続くように、他の令嬢も受付嬢の手から招待状を取り戻して「わたくしも！」とユーグに差し出した。

しかし、ユーグはどれも受け取ろうとしない。

「僕はあくまで補助の立場で、問題を解決したのは先輩の魔術師たちです。御礼の茶会なら、それぞれ担当した先輩にお渡しください。それでは、僕は所用があるので」

「後日、その魔術師様にも招待状を送りますからどうかこちらを。受け取っていただくまで帰りませんわ」

令嬢たちは、ユーグ相手でも聞く耳を持ってくれない。

この押しの強さには、さすがのユーグも微笑みを引き攣らせた。

「そうおっしゃられても困ります。申し訳ありませんが、僕は依頼主からの報酬以外のお礼は受け取らないと決めておりまして――」

そう言いながらユーグが逃亡ルートを探そうと周囲を見渡したとき……バチっと、オフェリアと視線がぶつかった。彼は軽く瞠目すると、やや強引に令嬢たちの間を抜け出す。

「オ――お師匠様！　どうして魔塔に!?」

出かかった名前を引っ込め、懐かしい呼び方をしながら真っすぐにユーグはオフェリアに駆け寄った。驚きを含みつつ、彼の表情は嬉しさが隠しきれていない。令嬢たちに向けていたものとは全く違う。

オフェリアの訪問に関しては歓迎してくれているようだ。

（ユーグはまだ、私のほうを大切に思ってくれているのね）

弟子離れをしなければと思いつつ、まだ師匠離れしていなさそうなユーグの態度が嬉しくなってしまう。自然とオフェリアの顔にも笑みが浮かんだ。

「これを届けに来たの。余計だったかしら？」

わずかな胸の高鳴りを覚えつつ、鞄から魔法陣攻略本を差し出せば、ユーグは目を輝かせて素早く受け取った。

「ありがとうございます！　今から取りに行こうとしていたところなんです。やっぱりこの本がないと、計算式があっているか確認に時間がかかり、検証の進みが遅くなってしまって。本当に助かりました」

「ふふ、それは良かったわ」

令嬢たちが怪訝な視線を送ってくるが、オフェリアは受け流す。

明らかにユーグより年下に見えるオフェリアが、本当に師匠なのかどうか確信できないのだろう。

ただ、今の時代、幻覚が使える魔術師も増えてきた。その手の魔術師だと思ってほしいところだ。

(ユーグがいつも通り私を名前で呼んでいたら、怪訝な視線では収まっていなさそうね。怖い、怖い。恋する人間の行動力は馬鹿にできないんだから)

オフェリアのトラウマと呪いの根源となった令息が分かりやすい例だ。ユーグが機転を利かせて、師匠呼びしてくれたことに感謝する。

「じゃあ、午後からも頑張りなさいよ。これからも私に弟子自慢させてね。見送りはここで良いわ」

配慮を無駄にしないように、オフェリアはいかにも師匠らしい大きな態度を見せた。なにせ、本物の師匠なのだから難しいことじゃない。

もちろん、ユーグも慣れたように弟子の仮面を被る。

「今日はありがとうございます。お師匠様の期待に応えられるよう、このあとも頑張ります。お気をつけてお帰りください」

「ええ、またね」

恭しく頭を下げるユーグの肩を偉そうに叩いてから、オフェリアは魔塔を立ち去った。

それから二週間ぶりの昼下がり。

オフェリアが魔塔を訪れると、連絡カウンターには見覚えのある令嬢がいた。蜂蜜色の髪をツインテールにした女の子――アリアーヌ・ロロットが、再び受付嬢に迫っていたのだった。

「ユーグ様への差し入れが受け付けられないとは、どうしてですの？」

「ですから、贈り物も手紙や招待状と同様に検閲して、安全が確認できてからお渡しする規則なのです……食品となりますと、安全の確認が難しいことからお断りさせていただいているのです」

「我が屋敷の料理人に作らせた、自慢の焼き菓子ですのよ。あなた、ロロット子爵家を疑いますの？　いつもお忙しそうにしているユーグ様のために用意しましたのに。あなたは頑張っている研究員を労わりたいと思いませんの？」

アリアーヌは大きな瞳を潤ませ、華やかにラッピングされた箱を胸の高さにあげて健気さをアピールした。可愛らしい女の子の健気な姿は絵になる。

だが、ルールを無視して突撃するなど迷惑以外の何ものでもない。印象はマイナスだ。

受付嬢の目はすでに虚《うつ》ろで、順番待ちをしている魔術師たちも呆《あき》れているのがいい証拠だ。

（自分の都合ばかり押し付けるなんて、もう少し相手を気遣う姿勢をみせないと逆効果だわ。このままでは、ユーグに選ばれることはないわね――って、あれ？）

なぜか、ホッとしてしまった。あとは、ほんの少しの優越感だろうか。

ユーグなら、アリアーヌより自分を優先してくれるという確信に、ほのかな喜びを感じてしまったのだ。

（ライバルでもないのに対抗意識を持つなんて、私ったらそろそろ弟子離れしなさいよ）

師匠気分が抜けない自分を叱りつつ、オフェリアは連絡カウンターに予約カードを出した。

「申請していたオフェリア・リングよ」

これから、魔道具で不老の原理を分析することになっている。魔塔から持ち出せない貴重な魔道具を使用するため、オフェリアはユーグから呼び出されていた。

「確認できました。ユーグ研究員は第八実験室でお待ちですので、ご案内します」

「ありがとう。お願いするわ」

別の魔塔とはいえ、約百年前には魔塔主から手に負えないと追い出された。それが今、ユーグをはじめとする魔塔グランジュールの魔術師が何人もオフェリアを受け入れ、手助けしてくれている。

止まっていた解呪への歩みが、進みはじめたのを感じる。

（そろそろ、期待しても良いのかな？）

オフェリアは期待と不安を抱きながら、魔塔の中に入っていった。

足止めされたままのアリアーヌの鋭い視線が、背中に向けられていることに気付かないまま。

二時間後。残りの分析をユーグに任せて、オフェリアは夕食の準備のため先に魔塔をあとにした。

そうして歩いて十分ほど経ったとき――

「ユーグ様の師匠オフェリア様でございますね。お時間、今からいただけましして？」

住宅街の細い道に入ったあたりで、オフェリアはアリアーヌに呼び止められた。

アリアーヌは道端に止めた馬車に乗ったまま、扉を開けてオフェリアを見下ろしている。表情からは苛立ちが読み取れ、眼差しは鋭い。

アリアーヌとオフェリアの間には屈強なふたりの護衛騎士が立っており、彼らは「従え」という威圧感を放っている。

(しっかり顔を覚えられていたようね。それはお互い様だけど……相手は一応お貴族様。端《はな》から無礼な態度はとれない……)

本音としては無視したいと思っているが、逆恨みでユーグに飛び火させるわけにはいかない。

アリアーヌの不機嫌さには気付かないふりをして、驚きの表情を浮かべてみせる。

「まぁ、貴族のお嬢様に呼び止められるなんて！　ユーグではなく師匠の私に何か御用がございましたか？」

「ユーグ様を解放して、離れなさい」

「はい？」

想像もしていなかった要求に、オフェリアは素で驚きの表情になる。

予想では、オフェリアを通してユーグに近づくなり、お茶会の機会を設けるよう望んでくるものと考えていた。

もちろんユーグの意思を尊重して、協力するか拒否するか相談するつもりだったのだが……まさか最初から排除論を持ち出されるとは。

アリアーヌは想像力が逞しい令嬢らしい。

「姥《うば》のくせに幻覚魔法で若い女の皮を被り、ユーグ様を惑わせようとしているのでしょう？　調べたけれど、ユーグ様の家に転がり込んでいるのですって？　それに飽き足らず今日も師匠の立場を利用し、魔塔の中に押しかけてまで一緒にいようとするなんて卑しい女ね。ユーグ様は我慢なさっているに違いないわ。恥を知りなさい！」

（なんて想像力なの？　思い込みが凄いわ）

若い女の皮は、不老という呪いのせいであり、惑わせるつもりはない。

家も転がり込んだのではなく、ユーグから誘われたから一緒に住んでいる。

魔塔の中に入れたのは、オフェリアが正当な手段を踏んで事前に申請書を提出し、魔塔主とユーグの連名で許可が下りたからだ。研究に関係ない私的な理由で訪問申請が受理されないのは、アリアーヌ自身が体験しているはずなのだが……。

（どこから突っ込んだら良いのかしら）

不老について、到底打ち明けられそうにない相手だ。説明方法に戸惑い、オフェリアは思わず顔を顰《しか》めた。

その表情を、指摘が図星という表れだと判断したアリアーヌは、得意げかつ蔑むような笑みを浮かべる。

「言い訳もできないなんて！　確かにオフェリア様の今のお顔は美しいわ。見たところ化粧すらしていない。それは褒めて差し上げようかしら。化粧までして惑わそうとしていたら、さすがに気持ち悪いですもの。まぁ、その若き頃の美しい容姿に執着する気持ちも分からなくはなくってよ。でも所詮は幻覚魔法で作り上げた偽りの容姿。老いから逃げて、若さにしがみつくのはいい加減にしないと見苦しくて仕方ありませんわ。年相応の姿を心掛けるべきね！」

オフェリアが否定の声をあげないのを良いことに、アリアーヌの饒舌《じょうぜつ》は続いていく。

くどくどと、いくら待っても言葉は止まる気配がない。

「オフェリア様の本当の年齢なんて分からないけれど、実年齢を考えた行動をしてほしいわ。ほら、早く幻覚魔法を解きなさいよ。こんなにしっかり忠告しているのに、まだ若いお顔のままでいるなんて、まさに厚顔無恥。老いを受け入れなさいよ。幻覚魔法を使うにしても、もっと実年齢に寄せるべきじゃない？　あえてユーグ様と同世代に合わせるなんて、こわーい。それとも若いお顔の方でいると都合が良いことが多いのかしら？　いくら顔が若くても、中身が醜い姥なんて化け物みたいじゃない――あら、泣かせてしまった？　ふふ」

「え？」

オフェリアは、恐る恐る指先で目元に触れる。そこは、しっかりと涙で濡れていた。

「……本当だわ」

他人に涙なんて見せたくないのに、青い瞳からは涙が絶え間なく零れ続けていく。だって、止めることができないくらい、悔しいと自覚しているから当然だ。

（私だって、好きでこの年齢の容姿のままでいるんじゃない）

老いることができるのなら、自分だって老いたい。

この若い姿のままでいることがどれだけ異常か、自分が一番分かっている。

都合は良いことよりも、悪いことの方が今では多い。

年相応に顔に皺を作って、普通の人間として、死にたいと誰よりも願っている。

老いるために、どれだけの努力をしてきたことか。

（化け物だってことは、私自身が一番知っている！）

そう叫びたくても、アリアーヌには伝えられないことばかり。胸の中で溜め込んだ激情は、言葉ではなく涙として溢《あふ》れていく。

奥歯を食いしばりながら、オフェリアは顔を俯かせた。

反論しない理由はただひとつ。ユーグに迷惑をかけないためだ。自分のプライドよりも、ユーグが大切だからこそオフェリアは黙っていた。

「親切で事実を教えてあげたのに、泣くなんて醜いわね。もしかして……ユーグ様も泣き落としで繋いでいるのかしら？　だからユーグ様は、誰のお誘いにも応えられないのね！　卑怯《ひきょう》なお師匠様だこと。もし悪いと思うのなら、わたくしとユーグ様の中を取り持ってくださらない？　上手くいったら、ユーグ様とは手紙のやりとりくらい許してあげてもよくてよ」

アリアーヌは自分が優位だと確信した様子で馬車から降りると、扇子でオフェリアの顎をくいっと持ち上げた。

涙で濡れているオフェリアの顔を、満足そうに眺める。

「若さにしがみつく醜い無名の平民魔術師のあなたと、本当に若くて由緒正しい貴族令嬢のわたくし、どちらがユーグ様に必要か明白ではなくって？　ユーグ様は見目麗しく才能あふれる方だけど、あまりにも出自が悪いわ。だからこそ、卑しい部分を補うために、血筋が完璧なわたくしと結婚するべきだと思うの」

「――は？」

ついに耳でも壊れたか？　とオフェリアは、濡れたままの瞳で疑いの眼差しを送る。

しかしアリアーヌは、ますます勝ち誇ったように口角を引き上げた。

「まだ分からないの？　このわたくし自ら、ユーグ様の価値を上げてあげると言っているの。あなたも言っていたじゃない〝これからも私に弟子自慢させてね〟って。元孤児が貴族の仲間入りなんて、素敵な自慢話になるでしょ？」

プツンと、オフェリアの頭の中で糸が切れる音がした。

（ふざけないで……）

さらに奥歯を強くかんでも、腹の奥から熱が突き上げてくる。

（ふざけないで……何も知らないくせに……っ）

握った拳が震える。呼吸が浅くなり、頭が沸騰したように熱くなっていく。

どれだけ堪《こら》えても、もう抑え込めない。

「ユーグは渡さない。絶対に仲を取り持たないわ」

「――っ⁉」

オフェリアに睨みつけられたアリアーヌは、慌てて扇子を引っ込めた。よろっとした足取りで一歩下がり、距離を取る。それでも気迫に押されて、扇子を握る手が震え出した。

しかし馬鹿にしていた相手の前で、怯《ひる》むことはプライドが許さないらしい。アリアーヌは扇子を強く握り直し、オフェリアを睨み返した。

「本性を現したわね。でも、どれだけ足掻《あが》いても事実は変わらないわ。さっさと身の丈に合わないことを認めて、ユーグ様をわたくしに譲りなさい！」

「だからあなたみたいな性悪の小娘に、大切に育てた弟子は渡さないって言っているのよ。貴族と結婚しなきゃユーグが卑しいままですって⁉　あんなに優しくて純粋で、真面目で努力家の魔術師が⁉　さっきから黙って聞いていたら、胸糞《むなくそ》悪いことばかり。ユーグを勝手に見下してんじゃないわよ！」

「言ったわね！　薄汚い平民魔術師が、わたくしを馬鹿にするなんて無礼よ！　やっておしまい！」

後ろに引きさがるアリアーヌと入れ替わるように、護衛騎士が前に出た。抜いた剣を振り上げ、オフェリアに迫る。

だが振り降ろされる前に、護衛騎士の体は吹き飛ばされて地面に転がった。アリアーヌに騎士がぶつかり、彼女も尻もちをつく。

「いった……さっさと起きて、やり返しなさい！　それでもロロット家の騎士なの？　役立たずはどうなるか分かっているわよね⁉」

アリアーヌは目を吊《つ》り上げ、護衛騎士をけしかける。

しかし護衛騎士が何度も剣を握りオフェリアに立ち向かっても、刃は一向に届かない。再び吹き飛ばされるか、目に見えない壁に阻まれ、剣を容易《たやす》く受け止められてしまう。護衛騎士らの息はすっかり上がり、立つのも辛そうにしている。

一方でオフェリアは指一本動かすことなく、呪文を詠唱することもなく、静かに佇みながら這《は》いつくばる護衛騎士を眺めていた。

両者には、実力に雲泥の差があることは明白。

「な、なんで？　無名の魔術師じゃ」

アリアーヌの勢いはすっかり削《そ》がれ、畏怖を帯びた眼差しをオフェリアに向ける。顔色は蒼白《そうはく》で、扇子を持つ手は先程と比べ物にならないくらい震えていた。

「目立ちたくないから、自ら無名になるように動いているのよ。ユーグにも言いふらさないようお願いしているし……でも、もう分かったわよね？　ユーグを育てた師匠が、三流魔術師のわけないじゃない。甘く見ないでほしいわ」

オフェリアはわざとらしく靴音を鳴らし、アリアーヌたちに一歩近づいて微笑んだ。

人形のように整った顔に浮かべた笑みは見惚れるほど美しく、瞳は凍《い》てつくほど冷たい。

「さっさと消えて。これ以上嫌いな人の顔を見ていたら、憎たらしくて潰したくなるかも」

アリアーヌは「ひっ」と小さな悲鳴を漏らし、護衛騎士とともに慌てて馬車に乗り込んだ。馬車はすぐに走らされ、嵐のように去っていったのだった。

オフェリアは最後まで馬車を見送ることなく足早に現場から離れ、家に飛び込んだ。玄関の扉を背にして、そのまま力なく座り込む。

「やってしまったわ……」

もっと上手な対処方法があったはずだと、後悔の念が押し寄せる。ユーグに迷惑をかけるかもしれないと思うと、情けなくて仕方ない。

ユーグを蔑む言葉を聞くのは初めてのことではない。そして過去の自分は、もっと冷静に反論できていた。だから同じように、相手に諭すように言い聞かせるつもりだったのに失敗してしまった。

今回できなかった原因は分かっている。

「容姿の気味悪さについて言われるのも、これが初めてじゃないのに……でも、面と向かって大声で言われたのは初めてか」

心臓にナイフを刺されたようだった。

どうして何も悪いことをしていない自分が、こんな目に遭わなければならないのか。不老の呪いが忌々しい。

あと何度、同じことを言われるのだろうか。そう想像しただけで虚《むな》しくなってしまう。

こうやって人間としての誇りを傷つけられたあとの、愛弟子への悪口は致命傷に等しかった。

ふたつ同時に大事にしているものを蔑ろにされて我慢できるほど、寛大な心は持ち合わせていないのだ。

(ユーグには、どう説明したら良いのかしら。アリアーヌ様とロロット子爵家の動向に気をつけて、と伝えたところで、私の容姿への蔑みとユーグの悪口のことも伝えないと納得しないわよね)

どちらかの理由を伏せて、片方だけ伝えたとしても、ユーグは心痛めるだろう。できるのなら、悲しい顔なんてさせたくない。

「困ったわね」

オフェリアは天を仰ぎ、しばらく座り続けた。

しばらくすると、玄関扉のポストに時間外の郵便物が投げ込まれる音がした。

オフェリアは我に返り、周囲を確認する。

気が付けば明るかったはずの外はうす暗くなり、宵の時間を迎えようとしていた。

「大変！　もうすぐユーグが帰宅するのに、まだ夕食の準備が何もできていないわ」

頭を痛めつつ、オフェリアはポストに投げ込まれた手紙を確認した。

緑色の封筒は魔塔からの臨時便を示すものであり、差出人にはユーグの名前が記されている。

データの分析に時間がかかるため、帰宅が遅くなるとのことだ。

「夕食も不要、ね。良かったわ」

今からではまともな夕食は作れそうにもなかったし、赤くなっているであろう目元を冷やす猶予もできた。

オフェリアは、ユーグに情けない姿を見せずに済むことに安堵する。

きっとこの顔を見せてしまったら、ユーグは過保護と師匠愛をさらに加速させ、一層オフェリアを大切に扱おうとするだろう。

弱った状態でそんなことをされてしまったら、甘えてしまい、抜けだせなくなりそうで怖い。

それこそ、アリアーヌが指摘したように、ユーグにしがみついてしまうかもしれない。

呪い持ちの自分には許されない、執着のはじまりを予感する。

「ユーグを縛ってはいけない」

戒めるように言葉にする。

それでもまだ、心の片隅に芽生えた彼に甘えたいという願望が疼こうとする。

抑え込むためにオフェリアはキンキンに冷たくしたタオルを作ると、熱をもった目元を覆うように載せた。

第九章『宝物の守り方』

「やっぱり、間に合わなかったか」

息を切らしながらユーグは、数分前までオフェリアとアリアーヌが争っていた現場で呟いた。

すでにオフェリアの姿も馬車もなく、路地はいつもの静かな様子を見せていた。

すると、ユーグの足元にネズミを模したからくり人形がやってきた。

(役に立つときがくるなんて)

実はこのネズミ型の人形は、オフェリアに内緒の監視ゴーレムだ。居場所と音声だけを一方的に受信できるもので、オフェリアが外出する際に追尾できるようにしてある特注品。

ユーグのもとに戻ってきたということは、オフェリアは無事に帰路についたということだ。

本音では、毎回ユーグ自身がオフェリアを家まで送り届けたいが、現実的に無理ということは理解している。最優先事項は不老の呪いを解くことであり、その時間を減らすことはオフェリアへの裏切りになる。

だから代行者として、ゴーレムを用意したのだった。

ちなみにオフェリアに知られてしまうと「過保護すぎなのよ！」と怒られるのは目に見えているので秘密だ。

そう、ゴーレムは自分の不安を軽くするためだけに作ったものだったのだが。

ユーグは現場を眺め、逡巡《しゅんじゅん》する。

（今すぐ家まで帰ってオフェリアを慰めたいところだけれど……きっとオフェリアはそれを望まないだろうな。彼女が放っておいてほしいと望むのなら、僕は我慢するべきだ。だとしても、このまま黙ってもいられませんが）

ユーグがアリアーヌと言葉を交わしたのは過去に二回だけ。

一度目は、ロロット子爵家の依頼で先輩魔術師のアシスタントとして同行したとき。そのときは軽く自己紹介をしただけで、私的な会話はゼロ。

二度目は忘れ物を取りに家に向かおうとして、ロビーで絡まれたときだ。そのときも茶会への誘いは言葉でも断り、招待状を受け取ることもしなかった。

あの手の女の子たちを特別扱いして、万が一勘違いされたら面倒なことになるのは、先輩魔術師の苦労を見て学んでいるため、アリアーヌにも他の令嬢と等しい態度で接したつもりだ。

他にも嫉妬した令嬢たちの八つ当たりの矛先がオフェリアに向かないよう、あえて師匠と呼んで牽制《けんせい》もした。慕っている男が尊敬する師匠を害するような馬鹿はいないと踏んでのことだ。

狙い通りあの日以降、他の令嬢は魔塔に突撃していない。ルールに則《のっと》って、受付嬢を通して手紙だけを寄越《よこ》すようになった。

だというのに、アリアーヌは例外だったようだ。

（アリアーヌ様があそこまで愚かだとは思わなかった。勝手に僕の気持ちを決めつけて、オフェ

リアを侮辱するなんて……っ）

オフェリアは、ユーグにとって尊敬の念が絶えたことがない一流の魔術師。護衛騎士からの攻撃も難なく捌《さば》き、物理的な怪我はないだろう。

むしろ相手の方がボロボロで、満身創痍《まんしんそうい》に違いない。

それでも、まだ報いが足りない。オフェリアが負った心の傷と比べたら、地面を転がる程度では罰として軽すぎる。

この世で最も大切な存在を害されて、大人しくしていられるほどユーグは寛容な人間ではない。むしろオフェリア限定で、狭量だという自覚がある。

オフェリアは、ユーグにとって世界そのもの。彼女の幸せのためなら、どんなことでもできる。迷うことなく人生も命も捧げられるし、実際に今もそうやってユーグは生きている。

だからオフェリアが傷つき、涙を流しているところを想像しただけで、敵への殺意が湧いてくる。正直、跡形もなく消し去ってしまいたい。

そう思いつつも、実際に殺すようなことも、血生臭いこともするつもりはない。オフェリアが知ったら悲しむだろうから——という理由だけれど。

純粋な青年だと信頼してくれているのに、印象を壊して嫌われるのは避けたい。

「さぁ、どうしましょうか」

ユーグは、アリアーヌを谷底に落としつつ、自分の女神が最も心穏やかに過ごせる方法を模索する。

　すると、ひとつ良い手が思い浮かんだ。

「待っていてくださいね。害虫は僕がきちんと駆除しますから」

　黄金の瞳から輝きを消したユーグは、魔塔へと踵を返した。

＊＊＊

　その晩。ユーグはロロット子爵家の屋敷に足を運んでいた。

　魔塔に戻るなり、オフェリア宛とは別にロロット家宛に面会を希望する臨時便の手紙を出した。

『できるだけ早くお会いし、お話ししたいことがございます』と。

　するとロロット家から『こちらも話がある。すぐに屋敷に来い』と命令染みた返答があったのだ。

　そして今、応接間でユーグは怒りを滲ませたロロット子爵に睨まれている。

　子爵の隣では娘アリアーヌが目元を赤くして、不安げな顔で父親を見上げていた。

　ロロット子爵はいかにも優しい父親といった様子で、アリアーヌの背に手を添えてから口を開く。

「今夜はなんの用で来たのか、先に聞かせてもらおう」

「アリアーヌ様の問題行動について、当主であるロロット子爵にきちんと責任を取っていただきたいと思いまして」

粛々と応えれば、相手の眼光が鋭く光った。

「ほう？　問題を起こしたのは、貴様の師匠だろう！」

「お父様！　きっとユーグ様は師匠であるオフェリア様から、都合の良いことだけ聞かされているのですわ。ユーグ様を怒らないで」

アリアーヌは腰を浮かそうとしたロロット子爵の腕を掴み、ユーグを庇う健気な態度を示した。すると、ロロット子爵の吊り上がっていた目尻が瞬く間に下がる。

「酷いことをされたのに庇うなんて、お前は優しいな」

子爵は娘のことを微塵も疑っていないらしい。互いに慈しみ合い、信用している姿はなんとも理想的な親子だ。ユーグの知らない家族の絆《きずな》をありありと見せつけてくる。

ただその絆の城は、嘘という薄氷の上に建っているのをユーグは知っている。凪《な》いだ眼差しで眺めながら先へと促した。

「僕のお師匠様が、アリアーヌ様に何をしたというのでしょうか？」

「ユーグ殿に差し入れを渡してほしいと娘がお願いしたところ、それだけでオフェリア殿は怒り、護衛騎士に怪我までさせたらしいではないか。帰宅したアリアーヌのドレスも汚れていた。こんな無礼な振る舞いははじめて。責任を取っていただきたいのは、こちらの方だ」

「きっとオフェリア様は、ユーグ様を他の人に取られたくないのですわ。だって魔法で若い容姿を作り出して、気を引こうとしているくらいなんですもの。今回も、ユーグ様に嫌われないよう……わたくしを遠ざけるようなことを伝えたのですわ」

舞台女優も顔負けの演技力だ。アリアーヌは瞳にうっすら涙を浮かべて、健気な娘の仮面を被り続けている。

「ユーグ殿はオフェリア殿に騙《だま》されている上に、こうして尻拭いのために出向いている、ということか！　それは酷い。ユーグ殿、オフェリア殿との関係を見直すべきではないか？」

「お悩みでしたら、わたくしたちロロット家が相談に乗りましてよ」

アリアーヌは潤んだ眼差しをユーグに移した。いかにもユーグの味方は私だと言わんばかりの態度だ。反省どころか、さらにオフェリアを害さんと悪女に仕立てていく。

ロロット子爵もすっかり鵜呑《うの》みにし、娘の言葉に同意するように頷いた。

(虫唾《むしず》が走る。どこまで馬鹿にしているのか)

怒りが込みあげてくるが、ユーグはあえて微笑みを浮かべて道化を演じる。

「おかしいですね。僕が聞いた話と、アリアーヌ様の話には大きな隔たりがあるようです。どうしてでしょうか。不思議でしかたありません」

「ですから、オフェリア様がユーグ様に嘘を吹き込んだのですわ」

「それはありえません。だって、僕はお師匠様からではなく、これで聞いたのですから」

ユーグはポケットからネズミ型のゴーレムを取り出し、テーブルの中央に置いた。本物のネズミの剝製を被せたゴーレムに、アリアーヌは「ひっ」と小さな悲鳴を上げた。

ただロロット子爵だけは瞠目し、前のめりになる。

「これは以前我が領地で問題になっていた、裏組織の尾行と盗聴に使っていた物では？」

「覚えてくださっているようで良かったです。そのゴーレムに改良を加え、盗聴だけでなく音声の記録もできるようにしてあります。まずはお聞きください」

ユーグはゴーレムに触れて魔力を注いだ。

するとゴーレムから女性ふたりの会話が流れ始めた。

応接間には、アリアーヌがオフェリアを一方的に罵る声が響いたのだった。

《わたくしを馬鹿にするなんて無礼よ！　やっておしまい！》

「もう十分ですよね？」

ユーグがゴーレムへの魔力供給を切ると、応接間は沈黙に支配された。

ロロット子爵は時間が止まったように啞然とゴーレムを見つめ、アリアーヌは顔色を悪くして膝の上で手を震わせていた。

「僕の見解では、アリアーヌ様は差し入れの話題も出さずにお師匠様を侮辱した上に、先に攻撃するよう命じていたように聞こえたのですが……しかも剣を抜くという、命を奪いかねないような厳しい方法。これでもお師匠様に責任を問いますか？」

問われたロロット子爵は、強張っている顔をぎこちなく横に振る。

音声を聞いてもなお娘の方が正しいと言えるほど、親は愚かではなかったようだ。

「では、どうぞこちらを」

安堵しつつユーグは、ロロット子爵に封書を差し出した。

覚束《おぼつか》ない手つきで受け取ったロロット子爵は手紙の中身を確認すると、表情を驚愕で染めた。

「今後、魔塔はロロット家からの新規依頼を一切受け付けない？　現在している魔法支援も打ち切り……他の魔塔にも通達する、だって？」

一介の魔術師と揉め事を起こしただけで、この厳罰は信じられない。そうロロット子爵は思っているのだろう。ユーグに疑念と抗議の視線を送る。

そうやって、いまだにオフェリアを軽んじているところが腹立たしい。

ユーグは気持ちを隠すことなく、怒《はら》りを孕んだ鋭い眼差しを向けた。

「魔塔主のサインが入っているから、嘘ではありませんよ。アリアーヌ様は、それだけのことをしたのですから」

「オフェリア殿は、魔塔グランジュールにとって重要な魔術師だと？　正研究員ではない彼女のために、どうして魔塔主がこれほどまでに動く？」

「内容は機密に関わるのでお伝えできませんが、お師匠様は魔塔主も参加している重要な研究の協力者なのです。若い容姿をしているのも、研究と関わりがあって仕方ないこと。大陸……世界中探しても、お師匠様の代わりはいません。アリアーヌ様は、魔塔グランジュールが必死になって取り組んでいる研究をぶち壊そうとしました。僕だけでなく、魔塔主も大変お怒りです」

ゴーレムを回収し、魔塔に戻ったユーグは、記録した音声を真っ先にブリスに聞いてもらった。するとブリスは迷うことなく、全面的にユーグの味方になると宣言してくれた。

なにせブリスにとってオフェリアは、五十年前に窮地を救ってくれた救世主。彼女の助けがいなければ、魔塔主どころか魔術師の道も閉ざされかねない事件だったようで、ブリスは常に恩返しの機会を探していた。

ただ、恩人《オフェリア》自身はそれを覚えていないらしいが……。

そして魔塔の魔術師は仲間意識が強く、ほとんどの正研究員たちは、人格者の魔塔主ブリスに絶大な信頼を寄せていた。ブリスが敵とみなせば、それは魔塔全体の敵となるのは当然。

知らなかったとはいえ、アリアーヌは魔塔グランジュールの全魔術師に喧嘩《けんか》を売ってしまっていたのだ。

「――――そんなっ」

パサリと、ロロット子爵の手から紙が滑り落ちた。

ロロット子爵は、数年前から大きな運河と船舶を利用した貿易事業に力を入れていた。事業は順調で、ロロット子爵家は急成長の真っただ中にいる。上手くいけば、数年後には陞爵《しょうしゃく》だって夢じゃない。

ただ、命運を握るその運河は人工のもので、魔塔グランジュールの助力なしでは水が溜められない仕様だ。メンテナンスも、魔力の補充も魔塔に頼っている状態。

また重要な部品には、ユーグによる最高難度の魔法陣技術が組み込まれていた。模造するのは難しく、他の魔塔を頼ったところで手に入らない。

ロロット領の運河は干上がり、貿易は続けられなくなるだろう。

その上、投資した資金はまだ回収しきれていないし、魔塔への支払いも残っている。ロロット子爵家の行く末は想像に容易い。

「ユーグ殿……申し訳ない！　こちらが全面的に悪かった。アリアーヌをロロット家から除籍し、修道院に送ります。我が家から支援もしませんし、娘を二度と魔塔に関わらせません。だからどうか、命令の撤回をお願いするべく、魔塔主と引き合わせてくれないか⁉」

「お父様！　わたくしを見捨てるというのですか⁉」

「触るな！」

ロロット子爵は、アリアーヌが縋ろうと伸ばした手を強く振り払った。蒼白だった顔を怒気で赤くさせ、血走った眼で娘を睨みつける。

「よくも、よくも家門に泥を塗ったな！　このままではロロット家は破滅する。お前のような馬鹿は娘ではない。破門だ！」

「そ、そんな！　ご、ごめんなさい。謝りますから、どうか許して！　知らなかったの。悪気はなかったの……わたくしはユーグ様のことを想って動いただけで！」

「ではどうして私にまで嘘をついて騙したのだ！　悪いことをした自覚があったから隠そうとしたのだろう！　他人を想ってなど、また私に嘘を――」

ロロット親子は、ユーグが同席していることも忘れて言い争いを始めた。

少し前まで美しい親子愛を育んでいた姿が幻のようだ。理想像は淡雪のように消えていく。

アリアーヌは父親に謝罪しつつ苦しい言い訳を並べるばかりで、保身のことしか頭にない。

ロロット子爵も血のつながった娘を切り捨てることで助かろうとしている。娘が愚かに育ってしまった、自らの責任には目を向けようともしない。

（双方ともに、オフェリア本人に謝る気が微塵もないらしい。まぁ、謝罪したいと言われても、オフェリアには絶対に会わせないけど……手紙も渡すものか）

アリアーヌを思い出したら、きっとオフェリアは投げつけられた侮辱の言葉まで思い出し、再び心沈めることだろう。

彼らの愚かな保身のための、意味のない謝罪でオフェリアの心を煩わすのはいただけない。

（というより、いつまでくだらない親子喧嘩を続けるつもりなのかな。僕の時間は、できるだけオフェリアのために使いたいのだけれど）

もうひとりの恩師クラークの言葉が脳裏に浮かんだ。

『人間の持ち時間は短い。しかも恋まで成就させようと思ったら、その有効期間はますます短くなる』

ユーグの見た目年齢は、とっくにオフェリアを超えてしまった。年々、クラークの言葉に重さを感じるようになっている。そう、数分たりとも無駄にできないのだ。

ユーグはソファから立ち上がると、手を叩いて注目を促した。

「よろしいですか?」

ロロット親子はハッとなって、黒髪の魔術師を見上げる。

「ユーグ殿?」

「どう責任をとるか決まりましたら、魔塔主宛に報告書を提出してください。なお、アリアーヌ様のように事前の約束もなしに、身分を笠に着て何度も魔塔に押しかけることもしないでください。あれ、魔塔にとって非常に迷惑なんですよ。直接会いたいときは、必ず規則通りの手続きをお願いします」

「アリアーヌはそんなことまで……っ」

ロロット子爵がキッと娘を睨む。

それに対しアリアーヌは「だって!」と再び言い募ろうとするが、ユーグは無視して言葉を続ける。

「それとお師匠様には二度と接触しないでください。お師匠様が許せば、自分たちも許されると、都合よくお思いにならないよう。もし反故《ほご》にするようなことがあれば、追加制裁を検討します。くれぐれもお忘れなきようお願いいたします」

ユーグは、テーブルの上に置いてあったネズミ型のゴーレムを手のひらに載せ、あえてにっこりと微笑んでみせる。

「――っ」

分かりやすくロロット子爵の顔が強張った。

オフェリアには常に監視ゴーレムが付き添い、何かあれば魔塔の耳に届くと正しく理解したようだ。これで魔塔の目を盗んで接触を試みるような、愚かな真似はしないだろう。

ユーグは見送りを断り、さっさとロロット子爵家の屋敷をあとにした。

その夜、ユーグが帰路についたのは日付が変わる頃だった。オフェリアはもう私室で寝てしまっているだろう。その油断が良くなかった。

ユーグはリビングに入るなり、目を丸くした。

リビングのソファでオフェリアが眠りに落ちていたのだった。

座ったままクッションに背を預け、無防備な寝顔を晒している。膝の上には魔法の本が開いたまま載っており、読書の途中で睡魔に負けてしまったことが察せられた。

ユーグは引き寄せられるように、足音を立てないようそっと近づく。そしてソファの前で軽く腰を曲げると、愛しい人の顔を見つめた。

帰ってから冷やしたのか、それとも不老の影響か、目元に赤みは残っていない。

こんな時間まで泣くほど、アリアーヌの言葉を引きずっていないことに安堵しつつも、慰めるチャンスが消えたことが少しだけ惜しい。

(オフェリアは傷ついているというのに、弱った今なら可能性があると、あなたに付け入る好機だと、一瞬でも浅ましいことを考えてしまい……ごめんなさい)

心の中でオフェリアに懺悔《ざんげ》する。

どうしても一番近い存在でいたくて、強く求められたくて、つい彼女が嫌う卑怯な手段に出るところだった。二度と同じ気を起こさないよう、戒めを込めて贖罪《しょくざい》の言葉を捧げる。

本当は贖罪よりも伝えたい言葉があるというのに……。

「愛しているんです」

音になるかならないかの声量で呟いた。

心からの告白は、寝ているオフェリアに届くことはない。

切なさで、胸の奥が軋む。こんなに近い距離にいるのに、心の距離はなかなか縮まらない。

ユーグは眉を下げ、そっとオフェリアに手を伸ばした。

「オフェリア、寝るなら部屋で寝た方が良いですよ」

華奢な肩を優しく揺すると、愛しい人の青い瞳が姿を現す。

「ん…ユーグ？　あら、私ったら寝ていたのね。そうだわ、あのね……実は……その」

オフェリアはハッとしたように何かを言いかけて、途中で言葉を詰まらせてしまった。

アリアーヌと揉めたことで、迷惑をかけてしまうかもしれないと気に病んでいるのだろう。

あるいは正直に報告して、過保護が加速するのを恐れているのか。

前者はもう解決したも同然だし、後者については手遅れだ。これからも監視ゴーレムを外すことはないし、むしろオフェリアを守るために改良を進めるつもりだ。

もちろん、秘密で。

つまり結果は変わらないのだから、オフェリアは無理して今日のことを打ち明ける必要はない。

ユーグは、素知らぬ顔をする。

「寝たら、忘れてしまったみたいですね」

「……うん。ごめんね」

オフェリアはバツが悪そうな、弱々しい笑みを浮かべた。

謝罪の裏の意味を知っているからか、ユーグも胸の詰まりを感じる。

「謝らないでください。オフェリアになら、どんなことをされても許せます。むしろ面倒事すら大歓迎なくらいには」

無邪気な笑みを作り、軽い冗談を言うような口調で応えた。

すると案の定、オフェリアはたちまち弟子を案ずる師匠の顔になる。

「そんな大口叩くものじゃないわ」

「だって、僕が子どもの頃にかけた面倒事の多さを超えることはないでしょう？　それに、そのときもオフェリアは嫌な顔もせず手助けしてくれました。僕も同じ気持ちなんですよ。お互い様ってことで手を打ちませんか？」

「ユーグ――……ふふ、ありがとう」

オフェリアは軽く瞠目したあと、安堵したように顔を綻ばせた。何も取り繕った様子のない、相手を信頼しきった笑みはひだまりのようだった。

思わず触れたくなってしまう。今すぐ腕の中に閉じ込め、思いの丈を叫びたくなる。

愛する宝石が手の届く距離にあるというのに、安易に触れられないというのは難儀なものだ。それも毎日、何年も続いている。

だからといって心の赴くまま行動してしまったら、オフェリアを困らせてしまうに違いない。彼女にとって自分は、まだ可愛い弟子の枠を出ていないことをよく知っている。

「先に部屋に行くわね。ユーグも早めに寝るのよ。おやすみ」

やっぱり、少しだけ子ども扱いが抜けていない。警戒心に関しては、年頃の男とひとつ屋根の下にいるのに驚くほど低い。

拗ねそうになる気持ちを抑え、「おやすみなさい」と穏やかな声色で返した。

(まだ早い。早いのは分かっているけれど……もう少しあなたに近づきたい。もう少し、僕を意識してほしい……僕はもう大人の男ですよ、オフェリア。どうしたら愛してくれますか?)

ユーグは切実な想いを瞳に宿し、私室に向かうオフェリアの背を見送った。


後日、ロロット子爵家から魔塔に報《しら》せが届いた。

アリアーヌは除籍の上、特に規律の厳しい国外の修道院に入れることにしたらしい。その修道院は労働も課せられるため、静かに過ごす監獄よりも辛い生活を送るとされる場所だ。

アリアーヌの修道院入りの理由を『家門の中での問題』と公表することを条件に、魔塔グランジュールはロロット家への技術支援を継続することを決めた。

つまり表面上は、魔塔とは無関係のこととして処理されたのだった。

もしアリアーヌの除籍についての噂が届いても、オフェリアが罪悪感を抱くことはないだろう。

第十章『毒か、蜜か』

アリアーヌ襲来以降、オフェリアは驚くほど平和な日々を送っていた。

再びアリアーヌが絡みに来ることもなく、ロロット子爵家が抗議に来ることもなく、ユーグが質問することもなく。

あの性格からはにわかに信じられないが、アリアーヌはすっかり大人しくしているようだ。つい最近まで頻繁にオフェリアは魔塔を訪れていたが、あれから一度も遭遇していない。

気付けば、あの日から一年半が経っていた。アリアーヌの問題は片付いたと言えるだろう。

ただ代わりに、別の問題が生じている。二十三歳になったユーグについてだ。

『オフェリアの手料理、やっぱり好きです』

『帰ってきたらオフェリアがいるなんて、この家がもっと好きになってきました』

『ご機嫌ですね。オフェリアの鼻歌、可愛くて好きですよ』

と、黄金色の目を細め、口元に綺麗な弧を描いて、わざとかと思うほど良質な低音の声で頻繁に告げてくるのだ。

どんな些細なことも、最近のユーグは好きという言葉に絡めてくる。

師弟関係を解消して対等な関係になってもなお、師匠愛を強めてくるなんて想定外だ。

オフェリアの心臓は勝手にキュッと締まり、鼓膜は甘く痺《しび》れてしまう。

最近では「師匠としてではなくオフェリア本人が好きです」とユーグから告白される夢を見てしまうほど。

「好き好き言いすぎなのよ。慎みというのを覚えなさい！」

このままでは同居生活に支障が出そうな予感がしたオフェリアは、半ば八つ当たりのようにユーグに苦言を呈した。

「これでも自重しているのですが？」

「嘘でしょう？」

「ごめんなさい。嫌でしたか？」

「ぐぬ」

麗しい精悍な大人の顔立ちになった人物が、叱られた子どものように眉を下げ、瞳を揺らして切なげな表情を浮かべたら、どう考えても勝ち目はない。

オフェリアは、ユーグのこういう表情にめっぽう弱い。

「嫌ではないんだけどね……大人なのだから、もう少し落ち着いた言動をした方が良いと思っただけなの」

「そういうことですか。こうして遠慮なく率直な意見を言ってくれるところ、やっぱり好きです。助言ありがとうございます。気を付けますね」

「〜〜〜っ！」

この瞬間から気を付けて！　という文句は、あまりにも爽やかな笑みの前で出すことはできなかった。

（ユーグは純粋で素直な子だから師匠愛が強いだけで、特別な意味はない……そう分かっているのに、どうして私の心臓は反応するのよ！　困ったわね）

ユーグは普通の人間だ。実年齢に比例して見た目も成長し、すでにオフェリアより落ち着いた風貌をしている。例外なく、ユーグも他の人と同じように年を重ねていた。

見た目年齢が逆転して差がどんどん開いていくのは、経験から知っている。

（そしてまた、私は……頭を冷やさないとっ）

近頃、頭の中では警鐘が鳴り続けている状態だ。

このままユーグから甘い言葉を与え続けられたら、これまで以上の深手を負うに違いない。

理性を取り戻す時間がほしい。手遅れになる前に、芽を摘み取りたいところだ。

翌日、早速オフェリアは、「そのうち戻ってくるから、心配せず待っていて」という置き手紙だけを残して、家を飛び出した。

「オフェリア、迎えに来ましたよ」

家出した翌日の夜、隣町の酒場で夕食を摂《と》っていたオフェリアのもとにユーグがやってきた。

行き場所は伝えていなかったし、この酒場もふらっと入っただけ。

どうして居場所が分かったのか……驚きのあまりオフェリアは、カウンター席で肉たっぷりのバゲットサンドに噛《か》みついたままユーグを見上げた。

「あぁ、どうやって見つけたのか？　今も持っていてくださっていて、嬉しいです」

ユーグの視線がオフェリアの腰のポーチに向けられた。

その瞬間、オフェリアは羅針盤の存在を思い出した。慌てて、パンをごくんと飲み込む。

「どれだけ正確なのよ。ビックリしたじゃない」

追跡機能があることは受け取ったときに説明されたが、本当に居場所をピンポイントで特定できるとは。

これまで使う場面がなく知らなかったが、羅針盤の性能が高すぎる。

「オフェリアに渡す物が中途半端なわけがないじゃないですか。でも良かった。ひと晩経って、夕方になっても帰ってこないから、不測の事態に遭遇したのかと心配しました。ただ外食を堪能しているだけで、本当に良かった」

ユーグは肩の力を抜くと、安堵で顔を綻ばせた。心からオフェリアを案じていたのが分かる。

手紙に心配しないでと書いてあったでしょう、なんて小言は軽々しく言えそうもない。

自分の気持ちを制御したいだけで、ユーグに心労をかけるのは望んでいないのだ。

ユーグの手を引き、隣の椅子に座らせる。

「心配かけたお詫びに奢《おご》るわ。一緒に食べてから帰りましょう？」

「はい。ご馳走《ちそう》になりますね」

ユーグは姿勢を正し、メニュー表を両手に持って選び始めた。

するとオフェリアは、彼の横顔に、出会って間もない頃の面影を見つける。

上機嫌のとき、口元が緩みすぎないように唇に力を入れる仕草は小さい頃と同じまま。

（どうして変に意識してしまったのかしら？　どんなに大きくなっても、ユーグは大切な存在なのは変わらない。無駄に心配かけるなんて悪いことしちゃった。気持ちを切り替えて、親子のような、あるいは姉弟のような同居関係を改めて明日からやり直そう。きっと大丈夫。もう家出は駄目ね）

そう反省しながら、ユーグと一緒に帰路を目指した。

しかし一か月後、オフェリアはまた家を飛び出してしまった。

＊＊＊

「また家出をしたと聞いたのですが、本当ですか？」

何度目かの家出から戻ったある日、珍しい客がオフェリアを訪ねて家にやってきた。

真っ白な長い髪を三つ編みでまとめ、歴戦の風格を見せつける老齢の男性魔術師――魔塔グランジュールの主ブリス・オドランだ。

オフェリアが問いについて渋々頷くと、ブリスは悩ましそうにたっぷり蓄えた髭《ひげ》を撫でた。

「どうもユーグ君は、オフェリア先生が近くにいないと落ち着かないらしい。オフェリア先生が家出するたびに、研究が止まってしまいます。研究の監督者である私としても、黙認を続けるのが難しい状況でしてなぁ」

「それは……大変申し訳ありません」

「何か理由があるのでしょうか？　ユーグ君は非常に真面目な好青年だと思っていたのですが……もし暴力的な二面性があって、身の安全のために逃げ出したいということであれば力になりますよ」

「断じてそのようなことは！　ユーグは本当にいい子です。私が至らないだけです」

オフェリアは深々と頭を下げた。

危うくユーグが、上司からあらぬ疑惑を持たれてしまうところだった。

「なら良いのですが、悩み自体はあるようですな。私に力になれることはありませんか？」

研究で迷惑をかけているのに、ブリスは叱るどころか気遣ってくれる。

実は過去にオフェリアは、陰謀に巻き込まれたブリスと彼の師匠の冤罪《えんざい》を晴らしたことがあるらしい。もしオフェリアの助力がなければ、師弟ともども投獄され、魔術師の道は閉ざされていた可能性が高かったようだ。

だからブリスは、敬意をもって恩人オフェリアのことを「先生」と呼ぶ。

一方で、先生らしく毅然としていられないオフェリアは少し居心地《いごこち》が悪い。

(魔塔主にまで心配をかけているなんて申し訳ないわ。だからといって、相談できる内容とは思えない。ユーグが魅力的な異性に見えて、ドキドキが止まらなくなり、意識しそうになるたびに家を飛び出している、なんて)

きちんと初回の反省を活《い》かして、『食べ歩きの旅に出ます。〇日後には戻るので、気にせず待っていて』という期限を約束した置き手紙を残すようにした。

そうすると約束の間、ユーグはオフェリアを放っておいてくれる。

お陰でオフェリアの心にも余裕が生まれ、頭の中で鳴り響いていた警鐘も静かになった。

しかし、いざ最終日を迎えると鼓動はまた逸り出してしまうのだ。

もう一日……いや、もう二日だけ帰宅の期限を延長したい。そう悩んでいる間に、ユーグが迎えに来てしまう。

前回とは別の街であっても、初めて使う宿やレストランであっても、オフェリアがわざと羅針盤を家に置いてきても関係ない。ユーグは必ずオフェリアを見つけ出した。

あまりにも不思議で仕組みを尋ねたこともあったが、「オフェリアのことですから」と圧力を感じる笑みを返されるだけ。

約束を破ろうとした罪悪感から、オフェリアは追及できずにいる。

(魔法を使って居場所を把握しているのは間違いないのだろうけど、私に感知できないレベルな

んて反則級じゃない。どんな魔法か分かれば、防ぐことができるのに……悔しいわね）

そう嘆きつつも、どこにいてもユーグが見つけ出してくれることを嬉しく思う自分もいて……。

矛盾した気持ちを扱いきれない。

胸の奥にズキンとした痛みを感じたオフェリアは、膝の上で拳を作った。

「ふむ、深入りしない方がよろしいようですね。仕方ありません。もう少し、オフェリア先生のことは見守ることにしましょう」

「申し訳ありません。お気遣いありがとうございます」

「ただ、最後にひとつだけ申し上げたいことがあるのですが、よろしいかな？」

オフェリアがそっと顔をあげた先には、皺が多い目元を柔らかく細めたブリスがいた。

寄り添うような、慈しみの眼差しが送られてくる。

「オフェリア先生が覚えていなくても、あなたに救われた人間は、あなたが思っている以上にいます。そして恩を返したい、力になりたい、支えたいと思う魔術師は私だけではありません。バラバラに動いていたプライドの高い魔術師たちが今、手を取り合っています。その中心にいるのがユーグ君なのは間違いないでしょう」

「……っ」

「きっと、今度こそ不老の呪いは解ける。私だけでなく、他の研究員もそう信じています。先生はどうですか？」

「私は――」

オフェリアは言葉を詰まらせた。

なんと答えれば良いのか分かっているのに、喉より先に出ない。出そうとしても、次は口が開かない。

代わりに、鼻の奥がツンとしてしまう。

「……またお会いしましょう。見送りはお気遣いなく」

ブリスは立ち上がろうとしたオフェリアを軽く手で制すると、笑みを残して魔塔へと戻っていった。

家でひとりになったオフェリアは、先ほどまでブリスが座っていた椅子を見つめる。

『いよいよ花が咲くと、私は信じています』

卒業式の日、クラークが言った言葉が脳裏にこだまする。彼のみならず、ブリスを筆頭に他の名高い魔術師も解呪を信じてくれているようだ。

（呪いを持っている間は、誰かを特別に愛してはいけないのに）

長年自身を戒めていた気持ちが揺らぎそうになってしまう。

約百三十年のオフェリアの人生で、恋人ができたことはない。片思いもゼロ。

それは自分が不老でいる限り、誰もが自分より先に死ぬことをよく知っていたからだ。

大切な相手ほど、見送りは悲しく辛いのも身に染みている。

特にユーグは、出会ってから十三年の歳月が経った。自分の手で大切に育ててきた子で、唯一の弟子。ユーグを危機から救えるのなら、命をかけられるほど愛しい。

一番の宝物といっても過言でないくらい、尊い存在だ。師弟愛、家族愛、姉弟愛はもちろん、今は友愛も含んでいるだろうか。あらゆる愛情をユーグに抱いている。

そうやって今でさえ強い愛情を彼に抱いているというのに、『恋』なんてものを上乗せしたら、どうやって別れを乗り越えていけば良いのか。

苦悩がオフェリアの胸を締め上げ、息が苦しくて仕方ない。

「呪い、早く解けたら良いのに」

この悲願を叶えるためにも、家出をして、ユーグの研究を邪魔するようなことはしてはいけないだろう。

「耐えるのよ。まだ……まだよ……っ」

オフェリアは自分に言い聞かせるように呟き、ぐっと気持ちを抑えつけた。

＊＊＊

それからしばらく、オフェリアが家出をすることはなかった。

ユーグが多忙で魔塔で過ごす時間が長くなり、自然と家で顔を合わす時間が減ったからだ。

だがある日、約一年ぶり、八度目の家出をした。そして再びユーグに見つかり、連れ戻されてしまったのだが、今までと違うことが起こった。

「こ、これは？」

オフェリアの両手首には、美しいブレスレットがつけられていた。

ただ、強力な魔力が宿っているのがひしひしと伝わり、単なるアクセサリーでないことは明白。

贈り主のユーグに問いかける。

「拘束具、いわば手枷《てかせ》です。魔塔に侵入したスパイが、研究を外部に持ち出さないよう捕まえるための魔道具で、僕はブレスレット型で作ってもらっていたんです」

と、説明されつつも鎖で壁と繋げられているわけでもないし、魔力が封じられている感覚もない。

拘束されている実感がないオフェリアは、手枷を見つめながら困惑の表情を浮かべた。

「信じられませんか？　実を言うと部屋からも、家からも外へと自由に出入りできますよ。ただ、魔塔グランジュールがあるこの街の外には出ることはできません。オフェリアが街の境界から出ようとしたら、強制的にブレスレットが魔塔まで腕を引っ張っていく仕様になっています。ちなみに無理やり壊したり、魔法を解除しようとしたら、魔塔の警備隊が追いかけてくるのでご注意ください」

魔塔グランジュールがある街は広くない。つまり、家出はほぼ無意味と化す。

ブレスレットは可愛い見た目に反して、とんでもなく恐ろしい魔道具らしい。

だが今一番怖いのは、ブレスレットではない。

ユーグは座ることなく立ったままで、先程の説明も感情のこもらない声色で淡々としていた。

「ユーグ？」

オフェリアは恐る恐る顔をあげて、息を吞んだ。

表情は声色と同じく、感情を消した人形のよう。一方でいつも温かさに満ちていた瞳は憤怒《ふんぬ》の炎を宿して、ソファに座るオフェリアを鋭く見下ろしていた。

これほどまで怒るユーグを見たのは初めてだ。オフェリアは次の言葉を紡げず、戸惑いの眼差ししか返せない。

「オフェリアは僕が呪いを解くと、信じられないのでしょうか？」

「そんなことは……」

「だったら、どうして何度も家を離れるんですか？　いつ決定的な解呪方法が判明するか分からないし、その時限りのタイミングがあるかもしれません。それを逃さないために、すぐにオフェリアを呼べるように、可能な限り解呪の確率をあげるために、魔塔の近くの家を選んだのに……肝心の本人がそばにいないなんて！」

我慢の限界を迎えたのか、ついにユーグは怒りを爆《は》ぜさせた。

肩で息をし、体の横で作った拳を小さく震わせ、じわりと黄金色の瞳に涙の幕を張った。

だが怒りの表情は一瞬だけで、ゆっくりと悲しみで顔を歪める。

「お願いです。頑張りますから……もっと頑張りますから、僕を信じてください。僕から離れないでくださいっ」

ユーグは膝をつくと、ブレスレットの上からオフェリアの手首を握った。

「どうか……どうか……」

「――っ」

懇願しながら、オフェリアを見上げる彼の目の下には隈ができていた。

ひと晩でできたとは思えないほど濃いそれは、ユーグが研究にどれだけの時間と体力を費やしてきたのかよく表している。

(ユーグの顔をしっかりと見たのはいつ振りかしら。この子が、こんなにも頑張っているのに、私はなんてことを)

普通の人間として老いで死にたいと、願ったのは誰か。

百年以上も解呪方法を探していたのは誰か。

どれもオフェリア自身が願ったことなのに、いつの間にか諦めていたことに気付いてしまった。

目の前の青年は毎日必死になって解呪の研究を重ねているというのに、期待しているという言葉だけ与えて、本心は違ったなんてあまりにも非情ではないか。

罪悪感が一気に這い上がってくる。

「ごめん……ユーグごめん。百年以上も生きているのに、迷惑かけちゃっていたね……ごめんね。本当にごめん……怖かったの……ごめん。逃げて、ごめん。私……私……っ」

これまで解呪できると期待し、すべて失敗してきた。

得られたヒントを片っ端から試しても進展はない。

ようやく次こそ期待できると思った方法も空振りに終わる。

何度も、何度も、何度も期待して、同じ数だけ失敗した。

そのうち、新しいヒントを見つけても、どうせ無理だろうと思っている自分がいた。心が折れてしまいそうで怖かったのだ。

だから希望の卵を見つけても、期待することとから逃げてしまっていた。

「ごめん……ごめん……」

それほど未来が怖いのに恋を自覚して、結局解呪されずにまた置いていかれてしまったら――と想像するだけで体がすくむ。

ユーグが先に逝ってしまったらと思うと、今にも胸が張り裂けそうだ。これまでのように、悲しみに耐えられる自信がない。彼だけには置いていかれたくはない。

そう強く思った途端、自覚してしまう。

（あぁ……私はとっくにユーグのことが好きだったんだわ）

目を背けていた気持ちをもう無視することはできない。

師弟だから。年齢差があるから。呪いがあるから。そう色々な理由を並べても、意味をなさない。

ずっと抑えつけ、我慢していた分だけユーグへの愛しさが溢れてくる。

それは同時に、願いが叶わなかったときの恐怖が増すということ。

(私を置いていかないで。もう、ひとりは嫌だよ……っ)

青い瞳からは、堰《せき》を切ったように涙が落ちる。

「オフェリア!」

ユーグは慌てて両手でオフェリアの頬を包み込んだ。困惑しながら、親指でオフェリアの涙を拭っていく。

「ごめんなさい。オフェリアのこれまでの人生を考えたら、呪いが解けないかもという不安や、期待することへの恐怖は当然なのに……僕の成果不足なのに、焦りをぶつけてしまいごめんなさい。泣かないでください……オフェリア、ごめんなさい」

ユーグは、涙の本当の理由には気付いていない。許しを乞うように謝罪の言葉を繰り返し、懸命に涙を受け止める。彼が向ける愛情は師匠愛だとしても、ただただ健気さが愛おしい。

オフェリアはそっと手を伸ばし、ユーグの頭を優しく撫でた。

「悪いのは私のほうよ。もう謝らないで、ね?」

「いいえ、すでに呪いに囚われているのに、さらにオフェリアを鎖で繋ぐようなことをした僕が愚かでした。今、その手枷を外しますね」

　ユーグが魔法を解除するため触れようとするが、オフェリアは手を引っ込めて背に隠した。

「着けたままが良い……きっと私はまた逃げてしまう。ユーグが一生懸命頑張っているのに、裏切りたくないのに、逃げない自信がないの。自戒のためにも、このまま着けさせてくれないかしら？　ちょうどデザインも素敵だし」

　弱々しいながらも、笑みを浮かべてみせる。

　ユーグはしばらく躊躇した。本当に良いのかと、視線で問う。

　が、長くは続かなかった。

「分かりました。早く手枷が外せるよう、解呪の研究を急ぎますね」

「ありがとう。お願いするわ」

　今度こそユーグを信じたい。自分の弱さからこれ以上逃げたくない。

　オフェリアは、手枷に誓ったのだった。

＊＊＊

　さらに一年が経ち、オフェリアは百三十四歳、ユーグは二十四歳になった。

　まだ不老の呪いは解けていない。

といっても研究は順調で、今は可能性の高い解呪方法を選ぶ検証の段階にまで進んでいる。

クラークをはじめ、信頼できる外部の魔術師も魔塔グランジュールを訪れるようになり、解呪への期待は自然と高まっている。

オフェリアも期待で芽生える恐怖から逃げることなく、あれから家を飛び出すようなことはしていない。

私室のベッドに横になりながら、両手についた手枷を眺める。

（これも、ブレスレット型の手枷のお陰ね。なければ、また家出したに違いないわ）

そう思うのも、昨年焦りをぶちまけてしまった後悔からか、ユーグの態度がとても余裕のある紳士そのもので、オフェリアの恋心を刺激してくるようになったのだ。

最近、小さな花束をもらうことが多くなった。オフェリアが手枷のせいで花畑といった、街の外の景色を見にいけないかららしい。

花束だけでなくオフェリアの好きな菓子や故郷の果物も取り寄せてプレゼントしてくれる。街から出られなくても、満足できる環境を整えようと尽くしてくれるのだ。しかも、どれも恩着せがましくすることなく、さらりと自然にこなす。

ここまで大切にされると、まるで自分がユーグの特別になったような気分になる。

だからか、オフェリアのあれこれが好きと言われることも、頭を撫でられることもなくなったのに、今の方がドキドキしてしまうことが多い。

これはオフェリアが恋を自覚したせいなのか、ユーグが単純に誰から見ても魅力的な男性になったからなのか。

確実に言えることは、好きな人との同居生活に理性をすり減らしているということだ。

（すっかり大人びちゃって。と思ったら、数年前にあげたウサギの人形をニコニコしながら眺めていたし。格好良いの？　可愛いの？）

ユーグの研究室にお邪魔したとき、研究室のデスクに丁重に飾られている二体のウサギの人形を発見した。懐かしくなって、思わず「ずっと飾っているのね」と訊《き》いたところ。

『疲れたとき、これを見ると癒やされるんです』

無邪気さが消えたと思っていた成人男性の、屈託のないはにかみ笑顔の破壊力たるや。

思わずトキメキのツボを押され、衝動で胸の中の「好き！」が暴れ出して隠すのが大変だった。

こういうことがある度にオフェリアは逃げたくなり、ブレスレットで我に返り、ひっそり私室で悶絶《もんぜつ》するのだ。

「思い出したらまたドキドキしてきちゃった」

心臓の熱が全身を巡ってしまい、興奮で眠気が飛んでいってしまう。落ち着くために、薬草茶の力を借りようと一階に下りることにした。

（あら？）

リビングには灯《あか》りが残っていて、ソファではユーグが資料を手にしたまま寝てしまっていた。

数枚ほど手から落ちて、床に広がっている。

（こんな時間まで頑張っていたのね）

解呪の研究が大詰めの段階に入った今、ユーグは多忙を極めていた。

しかし、どれだけ忙しくても必ず家に帰ってくる。

そしてオフェリアが起きている時間に間に合えば、彼女の顔を見て小さく肩の力を抜くのだ。

（私が家出を繰り返したせいで、なかなか不安を忘れられないのかしら）

罪悪感を抱きながら落ちた紙たちを拾う。

時間に干渉する魔法陣の計算方法や、魔法を補助する魔道具や素材の種類がみっちりと書かれていた。中にはオフェリアが提供した情報や提唱した理論もしっかり組み込まれていて、百年以上の努力が無駄ではなかったと証明されている。

それは亡きウォーレス師匠や家族、協力してくれた魔術師たちの努力も報われるということだ。

（みんな、あと少しだよ）

以前とは違い、ユーグなら悲願を叶えてくれると信じられる。

期待することへの恐怖が薄れた彼女は、自然と顔を緩ませた。

「――――え⁉」

しかし、集めた紙をテーブルに載せようとしたとき、たまたま目に入った資料の一文に表情を強張らせる。

不老から完全に解放されるためには、ユーグがオフェリアの魔力を一度乗っ取らなければいけない。紙には効率の良い方法が順番に並んでいたのだが、最も上に書かれていた方法が『対象者に魔力を口移しで注ぐ』だったのだ。

「口移し……つまり、キス!?」

驚きのあまり、思わず悲鳴を上げてしまう。

ソファで寝ていたユーグは、とろんとした眼差しをオフェリアに向けた。微睡《まどろ》みの表情は無防備で妙な色気がある。

「ん？　オフェ……リア？」

その色香を避けるようにオフェリアは目線をずらす。

だが、無意識に向けた先はユーグの口元だった。

薄く形の良い唇は寝ぼけて絶妙に開かれてしまっているせいで、とんでもなく艶めかしい。

慌てて一歩後ろに下がって、ユーグから距離を取った。

「こんなところで寝ていたら疲れが取れないわ！　短くてもベッドで一度寝なさい」

「そうですね。心配してくれてありがとうございます」

誰のせいで疲れているのか。オフェリアが自分のことを棚に上げて強めに言ってしまったのに

……それはそれは、とても嬉しそうにユーグは顔を綻ばせた。

この寛容さと、柔らかい笑みがオフェリアの心臓を射貫く。

「し、心配するのは当たり前じゃない！」

「はい、嬉しいです。でもオフェリアの方が早く休んだ方が良いのでは？　顔が赤い」

ユーグの手の甲がオフェリアの額に触れる。手のひらではなく、手の甲でそっと触れるという遠慮が感じられるところが紳士的で、憎たらしい。

「ちょうど水を飲んだら寝るところよ！」

照れを隠すこともできないままオフェリアはキッチンへと走り、コップの水を一気に飲み干した。そして捨て台詞のように「おやすみ！」とユーグに言ってから、階段を駆け上がっていった。

けれど宣言した通りに寝ることは困難で……口移しについて意識してしまったオフェリアは、結局一睡もできず悶絶していたのだった。

第十一章『希望を繋いで』

クレス歴九百六十五年。

オフェリアが不老になってから百十五年が経った今日、ついに解呪を試みるときがやってきた。

場所は魔塔グランジュールから離れた郊外の森の奥地。老朽化により、今は使われていない教会の建物の中で解呪の魔法を使うことになっている。

祭壇や椅子は片付けられ、教会の礼拝堂内部はただの大きい白い箱のようだ。

立派なステンドグラスからは満月の光が差し込み、巨大な魔法陣が描かれた床を虹色で揺らめかせている。

その魔法陣を囲むように補助の魔道具や水晶が置かれ、活躍の出番を待っていた。

いよいよ切望した解呪のときが来た。

そう、本来なら高揚と緊張に満たされるはずなのだが――

(やっぱり、この方法を用いるのね)

魔法陣の上で、ユーグと解呪方法の最終確認をしたオフェリアは軽く眉をひそめた。

選ばれた魔力の譲渡方法はやはり口付けだった。

基本の理論的にも、数多の文献を確認しても、口付けを超える効率の良い方法が見つからなかったのだから当然だ。他の方法では、解呪に至らないことは検証でハッキリと出ている。

キスは好きな人とするもの――と思っていたオフェリアにとって、ユーグに不本意なことをさせてしまうのが申しわけない。

ユーグは、たくさんの女性から秋波を送られている。

数年前のように魔塔に押しかけてくるような令嬢はいなくなったが、好意を寄せる女性が減ったわけではない。

代わりに、正規の手順を経て届く手紙が増えた。ユーグの研究室の書類ボックスに大量の招待状が押し込まれているのを見たことがある。そしてその隣の箱には、招待を断る定型文が書かれた返信用のカードも大量に用意されていた。

ユーグは、自分が拾われた目的を達成しようとした結果、女性の好意をすべて無視し、青春時代のすべて師匠に捧げてしまっている。

『だからユーグ様は、誰のお誘いにも応えられないのね！』

いつだかのアリアーヌの言葉が思い出される。それを否定できないのが悔しい。

だってユーグの師匠愛に甘えている自覚は、オフェリアにもあるのだから。

「ユーグは、キスって初めて？」

「そうですが、何かありましたか？」

「やっぱり口付けしないと駄目なのよね？」

思わず意味もない確認をしてしまう。

「オフェリアは、僕とするのが嫌ですか？」

ユーグが眉を下げ、不安げにオフェリアの顔を覗き込んだ。

「嫌ではないわ。むしろユーグが相手で良かったと思っている。ただ……ごめんね。ユーグの青春の時間を奪っておいて、恋人でもない人とファーストキスなんて申し訳なくて。しかも解呪ってロマンチックでもないシチュエーションで、なんだか強制的で、無理させるわね」

この解呪の魔法はユーグが研究を積み重ね、他の魔術師も協力して得られた努力の結晶だ。今さら口付けを拒否するつもりはない。

ただ、本来は恋人に捧げるはずの唇を自分が奪ってしまうことを先に謝っておく。

「オフェリア」

すると、軽く俯いてしまったオフェリアを見上げるように、ユーグが片膝をついた。覚悟を宿したように真剣味を瞳に帯びさせ、大きくなった手で力強くオフェリアの両手を包み込む。

「では、僕の恋人になっていただけませんか？」

「え？」

「愛しています。この世の誰よりも、僕はオフェリアを愛しています」

言い淀《よど》むことなく、強い意志を宿した声色でユーグは告げた。

オフェリアの心臓は勝手に高鳴ってしまう。

好きな人から告白されて、嬉しくないはずがない。舞い上がり、オフェリアも同じ気持ちだと伝えたくなってしまう。

だが、すんでのところで言葉を呑み込んだ。

(ユーグの愛情は、私と同じもの？)

師匠愛がとんでもなく重いユーグのことだ。オフェリアの罪悪感を軽くするためなら、本心を偽ることくらいしてしまいそうだ。

(偽りだとしても、恋人になれたら私はユーグを手放すことができなくなる。それこそ彼の師匠愛と優しさにしがみついてしまうわ)

ユーグのことを愛している。でも自分の幸せ以上に、ユーグの幸せを祈っているのも事実。だから、引き返せる今のうちに予防線を張っておきたい。

「私のために恋人になる演技はしなくて良いわ。自分の気持ちを犠牲にしないで」

「犠牲にしているつもりは一切ありません。青春だって奪われていません。僕の青春はオフェリアで満たされ、僕はあなたを好きになれて幸せだと思っています。オフェリアは、僕の最愛です」

「師匠に対する敬愛ではなくて？」

「十年以上も抱えてきた気持ちを間違えるはずがありません。たとえ解呪に必要な形式的なものであっても、オフェリアと口付けできることに舞い上がっているんです。この気持ちは誰にも否定できません。たとえオフェリアであっても、僕の愛は別のものにはできませんよ」

ユーグは愛しい人を見上げ、表情を和らげた。

黄金色の瞳に映るオフェリアの顔は熟れきったように赤く染まり、青い瞳は感極まったように潤んでしまっている。

「僕がどれだけオフェリアを好きか、どう伝えれば信じてくれるのでしょうか？　学生時代に、年に一度しか会いに来てくれなかったことを今も根に持っていると教えるべきでしょうか？」

ユーグは立ち上がると、片手でオフェリアの両手を握ったまま、もう片方の手を彼女の頬に添えた。

大きくなった手のひらから温もりが伝わってくる。

「そんなに前からなの？」

「気持ちを自覚して、もう十二年になります。毎日一緒にいた大好きなオフェリアと離れていた日々は、どれだけ寂しかったか。何度、あなたを夢にまで見たか。焦がれすぎて、おかしくなりそうな気持ちを紛らわそうと勉強にのめり込みすぎて、クラーク先生に魔法で失神させられ、無理やり眠らされたことも一度や二度では済みません」

そう語るユーグは当時を思い出しているのか、今にも泣いてしまいそうな弱々しい笑みを浮かべている。これは、本当に愛する人と離れて辛かった人の顔だ。

オフェリアの胸がギュッと締め上げられる。

「私は、百年以上も生きているおばあちゃんよ。こんな年上で良いの？」

「実年齢が気にならないほど、僕にとってオフェリアは可愛らしい女性ですよ。容姿なら、もう僕の方が年上です」

「呪い持ちの、気味悪い化け物だよ？」

「僕が解呪するから問題ありません。重要なのはオフェリアの気持ちです。もう一度言いましょう――愛しています。僕の、一生の最愛になってくださいませんか？」

ユーグは願いを込めるようにオフェリアと額を重ねた。

さっきは恋人を望んでいたのに、さりげなく一生の最愛――伴侶にまで格上げさせているではないか。ユーグの強い愛情を一身に感じる。

オフェリアの胸は痛いほど高鳴り、突き上げる想いが、これまで気持ちをせき止めていた壁を壊していく。

呪い持ちだからと、誰かを愛することを諦めていた。逆も然《しか》り、呪いを持った自分を誰も愛してはくれないと思っていた。

呪いが解けても、百歳を超えた訳あり魔術師は化け物だ。

しかしユーグは全てを知ったうえで、以前から愛してくれていたらしい。それも、かなり重く。

「愛しているわ。私も、ユーグを愛している」

オフェリアは絞り出すように、想いを告げる。

すると目前にあるユーグの黄金色の瞳から、雫がひと粒落ちるのが見えた。

「オフェリア、心から愛しています。僕と一緒に老いて、死んでください」

老いて死ぬことはオフェリアの悲願だ。それを口にしてくれるなんて、最高のプロポーズに違いない。

「ええ、良いわ」

オフェリアは両手をユーグの頬に添えた。

ユーグも、空いた手をオフェリアの頬に添える。

ふたりは視線を絡め合い微笑むと、引き寄せられるように唇を重ねた。

胸いっぱいに幸福感が広がっていく。

同時に魔法陣が発動し、青白い光が世界を染め始めた。

息継ぎも大変なくらい、ユーグが魔力とともにオフェリアの奥へと入り込んでくる。すべてを受け入れていく彼女の心と魔力は、愛する人に支配されていった。

＊＊＊

これほど幸せな瞬間は今まであっただろうか。

ユーグにとってオフェリアと過ごす時間は、すべて宝物だ。その中でも、気持ちを通じ合わせたこの瞬間は、一生忘れられないひとときになったと断言できる。

求めるように、与えるように唇を重ねていった。

口付けをして数十秒。ピシッ……パリンッ……と音を立てて、周囲に置いてあった水晶が割れ始める。オフェリアに戻ってくるはずの時間を代わりに引き受けた水晶が、急激な劣化に耐えられなくなって割れているのだ。

それは、解呪が成功した証《あかし》だった。

ようやく、夢が叶った。オフェリアが百年以上かけて集めてきたヒントや、彼女のために集まった魔術師たちが繋いできた研究の成果が、ついに花開いた。

（オフェリア、ようやくあなたと愛し合える）

そう歓喜しながらユーグが唇を離した瞬間、オフェリアの体から力が抜ける。しっかりと支え、丁寧に床に横たわらせた。

他人の魔力を取り込み、解呪魔法の反動を受けているオフェリアは仮死状態に陥ってしまっていた。瞼は固く閉じられ、呼吸は消え入りそうなほど弱い。

しかし、これは想定済みだ。待っていれば、いずれオフェリアは目を覚ますだろう。

「本当は目覚めるまで、眺めていたいのですが――」

ユーグは腰から杖を抜いて立ち上がると、眼差しを鋭くして後ろを振り向く。

そこには、頭から螺旋状の角を二本生やした悪魔が、ニタリと口角を上げてユーグを見下ろしていた。

人間の四倍の身長を誇り、アンバランスな巨体が容赦なくユーグにプレッシャーを与えてくる。

禍々しい大きな存在感もあって、広く感じていた礼拝堂が小さな納屋のように見えてくるではないか。

だがユーグは一切怯んだ様子もなく、極めて冷静な態度で問いかけた。

「あなたがオフェリアを不老にした悪魔、アビゴールでしょうか？」

「まさに、我が名はアビゴール。憑《と》りついた悪魔を引きはがす魔法を生み出し、我をオフェリアから追い出したのはお前だな？　よく我が体内に住み着いていると分かったな。しかも時間が戻って死なないよう調整するなんて、見どころのある魔術師らしい。名を聞いておこう」

「魔術師ユーグ、あなたの敵です」

言い切った瞬間、ユーグはアビゴールに向けて杖から氷の槍《やり》を放った。

アビゴールは猿のように飛びのき、氷の槍を避けた。巨体の割に俊敏で、攻撃に対する反応も速い。

ユーグはわずかに眉をひそめた。

「くはははははは！　良い……実に威勢が良い！　オフェリアも良いと思ったが、お前も良さそうだなぁ。人間を惑わし、騙し、心酔した魂を食べるのにぴったりの整った顔。体も若くて均整がとれている。実に美しい理想の器だ」

「オフェリアを支配できなかったのに、僕は支配できると？」

「人間は無駄に賢い分、精神は脆い。終わらぬ人生に嫌気がさすなり、絶望するなりすれば簡単に自害へと心を傾ける生き物だ。そうすれば支配も簡単……のはずだったのだが、この娘は結局一度も心を折らなかった。そう、オフェリアが例外だっただけのこと。強靭《きょうじん》な精神を持つ人間は何人もいない――さ！」

言うや否や、アビゴールの口から閃光が放たれた。

ユーグは対悪魔の障壁を張り、閃光を受け止める。たった一度の攻撃で障壁は砕け散り、光となって霧散してしまった。

間髪を容れずユーグは先ほどよりも魔力を込めて障壁を築き上げ、続く攻撃もなんとか耐え抜く。

すると、アビゴールの攻撃が一瞬だけ止まった。

ユーグは霧散する障壁の光を目くらましにし、横から身を乗り出して雷撃を放つ――が、単なる雷撃ではアビゴールの肩に小さなやけどを負わす程度に留まった。

「やはり一筋縄ではいかないようですね」

「ひひひ、久々に戦うのも面白いかもしれないな。楽しませてくれよ？」

「ええ、ご期待に応えられるとよろしいのですが――共鳴せよ、神槍《しんそう》を穿《うが》て」

ユーグは杖を逆さにし、先端を床に突き刺し魔力を流した。礼拝堂の壁や天井に十個の魔法陣が浮かびあがり、氷の槍が放たれる。

「ぐぬぅっ！」

アビゴールを囲むように放たれた十本の氷の槍はすべて命中し、全身に深く突き刺さる。

礼拝堂内に、悪魔の苦悶《くもん》の声が響いた。

(やはり教科書通り、強い悪魔ほど防御をしない。先攻にチャンスがあると思っていたけれど、まさか成功するとは)

相手の弱点が分かっても、もちろんユーグに油断はない。水属性、火属性、風属性、雷属性といった、他に仕込んでいた魔法陣も次々に発動させアビゴールを追い込まんとする。

だが、どれも決定打にはならない。

魔法陣をすべて使い切り、ほとんどがアビゴールに当たったはずなのに、巨体の悪魔は倒れることなく立ち続けていた。

「ここまで強いとは」

ユーグは奥歯を噛み締めて、悪魔を睨み上げる。

アビゴールはそんなユーグの視線を受けて、ニタァと笑った。

「くくく、解呪で少なくなった魔力を補うように、魔法陣で強度を上げてもこの程度の攻撃……まぁ、魔術師ひとりではこんなものか。複数人で挑めば、勝機はあっただろうに」

たっぷり息を吸ったアビゴールは、全身に力を入れた。

傷から紫色の湯気が噴出し、刺さっていた氷の槍をあっという間に溶かしてしまう。しかも、同時に傷口を修復してしまった。

呼吸を整えながら、改めて優越した態度でユーグを見下ろした。

「まぁ、我に攻撃以外の力を使わせたのは褒めてやろう。なかなか面白い。だが、次は凌げるかな？」

アビゴールが悠々と手を横に薙《な》いだ。その瞬間、教会の中は暴風が吹き荒れ、風圧で飛ばされユーグは床を数メートル転がってしまう。

暴風でステンドグラスも砕け散り、虹色の破片が降り注いだ。

慌ててオフェリアを確認するが、保護の魔道具がしっかり暴風から守り、ガラス片も弾いていた。

（良かった。さすが魔塔主ブリス様の作った結界の魔道具！）

オフェリアは魔道具に任せていれば大丈夫だろう。

ユーグは杖を強く握り直し、風魔法をぶつけて暴風を相殺してみせる。

「隙だらけだ、小僧」

「――ぐっ」

暴風が止んだ瞬間、アビゴールの放った閃光がユーグの太ももをかすめた。

攻撃に意識が向きすぎ、対悪魔の保護魔法がわずかに緩んでしまっていたらしい。

肌の表面を少し焼いただけなのに、痺れるような痛みが全身に走る。悪魔の閃光は状態異常を引き起こす性質があるのは知識にあったが、想像以上に厄介だ。

体が言うことを聞かず、ユーグは太ももを押さえてその場で両膝をついてしまった。魔力も残り少なく、今攻撃されたらなかなかに防ぎきるのは厳しい。圧倒的にユーグが不利な状況だと認めざるをえない。

それはアビゴールも分かっているのか、恐れることなくユーグの前に立ちはだかる。蟻《あり》を見るように、真上から黒髪の魔術師を見下ろした。

「くくく、お前では我に勝てないのは、もう分かっただろう？　可哀想に。若い魔術師はすぐに無敵だと勘違いする。本当に可哀想だ。力量の差も読めなかった哀れな子どもに、我が慈悲を与えてやろう」

「悪魔の慈悲は蠱惑《こわく》的と聞きますが、はは……気になりますね」

ユーグは笑いを漏らしながら、野心を帯びた目で悪魔を見上げた。

（あぁ、オフェリア……あなたの読みは凄いです。僕を殺せばオフェリアを得るチャンスがあるのに、強欲な悪魔は僕という新たな理想の器が欲しくなって殺せない。アビゴールが人間を乗っ取る条件が〝生きたまま〟という仮説は事実のようですね）

悪魔は人間をいたぶることも好む。簡単に殺すことなく、余興を楽しむだろうという予想まで当たっている。

ユーグはオフェリアへの崇拝レベルをあげつつ、アビゴールの提案に耳を傾ける。

「選択肢はふたつ。ひとつめ、ユーグが大人しく器を我に譲れば、オフェリアを殺さないであげよう。残されたオフェリアは、我がお前のふりをし続けながら優しく愛《め》でてやる。ユーグの顔があれば、簡単に落ちるだろう。どうだ？　お前の勇敢な選択が、あの女を幸せにするんだ」

「……で、ふたつめは？」

「あの魔道具の発動を切り、オフェリアの器を我に渡せ。そうしてくれたら、お前の命は助けてやるし、好きなように器を貪れる権利を与えよう。自分は助かり、美しい女の体を存分に楽しめる。最高だと思わないか？」

アビゴールは本気で素晴らしい提案だと思っているようで、ニタニタと得意顔だ。もう契約ができると確信した様子で、ユーグの目の前に手を差し出した。

だがユーグは悪魔の手をじっと見つめるだけで、手を重ねることはしない。

「もっとまともな提案をしてほしいものですね」

しばらくして、ユーグは風魔法をお見舞いした。

無防備だったアビゴールの体は軽く浮き、後ろへと押される。しかし突発的な魔法は鋭さに欠け、距離をあけるのが関の山。

無傷の悪魔はケラケラと笑い出した。

「選べないのか。愚かだな」

「当たり前ではありませんか。どちらを選んでも最悪です」

体はユーグのものだとしても、自分以外の存在がオフェリアを愛でるなんて認めない。

それにユーグの身も心も、生きるも死ぬも、己のすべてはオフェリアに捧げると誓った。彼女の許可なく、悪魔に勝手に渡すつもりはない。

また、オフェリアを悪魔に渡すなんて論外だ。ユーグが愛したのは、呪いに苦しみながらも抗い続ける心の強さを持ち、陽《ひ》だまりのように温かな優しさと海のように深い寛容さで、孤児だった自分に愛情と知識を注ぎ、感情豊かで少し素直になれないときがある可愛らしい性格のオフェリアだ。

（オフェリアの魂がない器だけ好きにできても、ちっとも嬉しくない。むしろ、一部でもオフェリアを他の者に奪われるなんて腹立たしい。渡すものか——オフェリアも、僕も！）

ユーグは足の痛みを堪えながら、立ち上がり杖を構えた。

「提案を断ります」

「くく、まぁよい。とりあえずお前の器から奪おう」

アビゴールが突風を巻き起こし、ユーグへと向けた。

「ちっ」

ユーグが張った障壁が次々に破られていき、身体ごと吹き飛ばされてしまう。壁に叩きつけられ、床に落ちれば転がされ、意識を失わないギリギリの加減で痛めつけられた。

「まだ足りないか」

「うぐっ！」

「ほれほれ」

アビゴールは弄ぶように、ユーグを転がしていく。

だが、数回繰り返してもユーグは怯む様子を見せない。勝ちを諦めた、負けを悟ったというわけでもなく、抵抗せずに攻撃を受け止める。

むしろ瞳の奥は希望を宿したまま輝き、血がにじむ口元にわずかな弧を描いて横たわっていた。

アビゴールはこめかみを引き攣らせた。

「その表情、癪《しゃく》に触るな。どうやらやり方が温《ぬる》いらしい。全身の骨を折ってやる！」

そう脅しても、ユーグの顔は恐怖で歪まない。ぜぇぜぇとした絶え絶えの呼吸が返ってくるのみ。

「生意気な小僧め――」

苛立ったアビゴールは高々と拳を振り上げ――床に落とした。

肘から先だけ、ボトリと音を立てて。

「我の腕が、切られた？」

横たわるユーグの隣に銀髪の魔術師が立つ。

その魔術師は、杖を向けながら悪魔に叫んだ。

「うちのユーグに何してんのよ！」

ユーグの目には、美しい顔に怒りを滲ませる愛しい人――オフェリアの横顔が映った。

＊＊＊

アビゴールは慌てて落とされた腕を拾い、切断面にくっつけた。みるみるうちに、元通りに戻っていく。

簡単に再生するから悪魔は厄介だ。

オフェリアはアビゴールから目を逸らすことなく、黒髪の魔術師に声をかけた。

「待たせたわね。よく耐えたわ」

「時間ぴったりですよ。では、あとはオフェリアにお任せしても？」

ユーグがよろっとしつつも自力で起き上がる。

きちんと防御の魔法を使っていたらしい。ボロボロの見た目ほど、彼が重傷を負っていないことにオフェリアは安堵する。

「もちろんよ。ユーグは魔道具の結界の中で休んでいなさい」

ユーグは片足を庇いながらも結界の中に入っていった。

どんなに暴れても、魔道具が彼を守ってくれるだろう。オフェリアは、すべての意識を悪魔へと向ける。

百十五年ぶりに対峙する悪魔は、自身と同じく変化のない姿をしていた。

「お久しぶり。これまでのお礼をさせてもらうわ」

腕を完全に元に戻したアビゴールは、忌々しくオフェリアを見下ろす。

「不意打ちの魔法が偶然効いたからと、我を甘く見るところはお前も変わらないな。力量に差があるのは、百年前の戦いで分かっているのに。はは！　またひとりで無謀にも立ち向かってくるとは滑稽だ」

「アンタが言う通り、私ひとりでは勝てないでしょうね。でも、今はひとりじゃないの——降りなさい、雨流星」

オフェリアの前に、短刀のような水の刃が無数に浮かんだ。それは逃げ道を塞ぐように天井から床、壁から壁を埋め尽くしている。

「なっ——ぎゃあああああああああ！」

アビゴールが目を見張ったときには、大量の水の刃が褐色の体に突き刺さっていた。氷のような硬度はないのに、旋回しながら肉を抉って深く入り込んでいく。

アビゴールは力を使って内側から水の刃を押し出そうと試みた。

しかし、オフェリアの方が速い。

「爆ぜなさい、電火」

雷撃はアビゴールの体表を流れると、水の刃を伝って体内で爆発を起こした。傷ついた肉体では巨体を支えきれず、アビゴールは両手を床につく。

「ぐっ！　なぜこれほどの威力が⁉」

悪魔の顔に、明らかな焦りが浮かんだ。

「眠っていたアンタと違って、私は努力を怠らなかっただけ。当時のひよっこレベルの精度と同じと思わないことね」

「では、我も手加減は――グギャッ！」

言葉を遮るように、オフェリアは容赦なくアビゴールの脳天に氷の槍を落とした。

「くそぉ！」

アビゴールは自身を守るために、半透明のドーム状の障壁を張った。氷の槍を引き抜き、回復を試みるつもりだろう。

(アビゴールが防御の力を展開するなんて初めてだわ。つまり、私の魔法を危険と判断したってことね。通じる……今なら、私の魔法は通じる！)

勝利のビジョンが全く描けなかった百年前が嘘のように、しっかりとした手応えを感じた。どんな魔法を、どんな力加減で使えば良いのか、手に取るようにわかる。

(解呪方法のヒントが見つからない期間、腐らず攻撃魔法を磨いていて良かったわ)

オフェリアは過去の自分を褒めながら、前に踏み込んだ。体内の魔力を出力限界まで練り上げ、先ほどよりも研ぎ澄まされた氷の槍を十本放つ。

金属音のような高い音を響かせ、悪魔の障壁を砕いた。

再びアビゴールが障壁を張ろうとするが、オフェリアの放った第二陣の氷の槍の方が速い。吸い込まれるようにアビゴールの胸を貫通する。ぐらりと巨体が揺れた。

だが、アビゴールは踏みとどまりニタァと笑った。

「大技を連発して使ったな？　そろそろ魔力が底を――」

「悪いけど、まだ余裕なのよね」

「ギャアアアア！」

大量の水の刃が再びアビゴールに襲い掛かる。もちろん、雷の魔法もセットで。

魔法を連発しているのにもかかわらずオフェリアは疲れた様子もなく、強がっているわけでもなく、涼しい顔で杖を向けていた。

「なぜだ……なぜだ……貴様の魔力は我が吸収し、先ほどまで三割以下のままだったはずだ！この短時間で回復しているなんてあり得ない！」

「ユーグは天才、とだけ言っておくわ」

不老の原因が、アビゴールがオフェリアの心臓に憑りついているせいだと知ったとき、解呪と同時に悪魔を倒す必要があると判明した。

では誰が倒すか。それを研究チームで話し合ったとき、満場一致でオフェリアが選ばれた。

もちろん、それはオフェリア自身も望んでいたこと。

上級悪魔と対峙した経験があり、百年以上生きた熟練の魔術師であり、何より……攻撃魔法において、魔塔グランジュールの誰もがオフェリアの実力に及ばなかった。

だからユーグは、オフェリアが本来の力を発揮できるよう、解呪とともに自身の魔力を譲渡する必要があった。その最も効率的な手段が口付けだったというわけだ。

魔力量が潤沢なユーグだからこそなせる業でもある。

(魔力が全回復したおかげで、まだ疲れを感じない。さすがユーグだわ)

オフェリアの魔法は今、最も信頼している魔術師によって支えられていた。

「ここで因縁を断ち切らせてもらうわ。私に百年の時間を与えたこと後悔させてあげる」

オフェリアは練り上げる魔力をさらに濃くしていく。

さすがのアビゴールも相手が悪いと気付いたらしい。飛び上がり、ステンドグラスが割れた窓から逃亡しようとした。

しかし、ガラスも何もないのに見えない壁に阻まれた。

「なぜ出られない⁉」

「だから、言ったでしょう?　ひとりじゃないって」

外では、教会の建物を囲むように、魔塔グランジュールから選抜された精鋭の魔術師たちが杖を構えていた。

アビゴールが外に逃げないよう建物自体に対悪魔の保護魔法をかけている。上級悪魔でも破るのが難しい、いわば悪魔専用の牢を作り上げていた。

「アンタが私に勝っても、次は魔塔の魔術師が相手。もう諦めなさい」

「黙れ！」

激高したアビゴールの口から閃光が放たれるが、オフェリアは容易に相殺してみせる。

（なんて温い攻撃なのかしら。百年前に受けた閃光と比べ物にならないくらい弱っている。ユーグの頑張りが効いているわね！）

オフェリアほどの攻撃力はなくても、ユーグの魔法もレベルは低くない。

油断し、防御せずに受けた傷によってアビゴールは自覚のないまま力を消費していたようだ。

「くそっ、くそっ、くそが！」

余裕をなくしたアビゴールは拳を振り上げて、オフェリアを潰さんと狙う。

だがスピードは衰え、動きも単調。最強の攻撃力を持つ魔術師オフェリアの前には無意味なこと。

「のろい」

拳が下ろされる前に、氷の槍でアビゴールの四肢を祭壇に磔《はりつけ》にした。

身動きが取れないアビゴールができることは、もはや絶叫を轟《とどろ》かせるだけ。

オフェリアは両手で杖を握り、祈るように胸元に当てた。

「対悪魔魔法……希望を灯《とも》せ、青の聖火」

アビゴールの足元から、青い炎の火柱が立った。火の先を天井まで届かせながら、青い炎は悪魔の肉体を焼いていく。

「アァァアアアアアアアアア！」

「燃え尽きなさい！」

この対悪魔魔法は、悪魔の灰すら消し去っていく最上級の攻撃魔法。オフェリアの魔力は急速に失われていく。

（反動で目眩がするわ。でも――）

アビゴールの体が燃え尽きるのが先か、オフェリアの魔力が底をつくのが先か。

宿敵の断末魔の叫びが聞こえなくなっても、オフェリアは魔法の威力を弱めない。形がある間は、惜しむことなくありったけの魔力を注ぎこむ。

すると、カランと音を立てて黒い石が床に落ちた。

「あれは――」

黒い石は透明になっていくと、真っ二つに割れる。その瞬間、残っていた悪魔の体は煙のように霧散し消えていった。壁には、悪魔を磔にしていた氷の槍だけが残る。

オフェリアは息を呑み、魔法を止めた。

悪魔が形を取り戻す気配はない。透明になった石も無反応。教会内は、しばしの静寂に包まれる。

「オフェリア、終わりましたね」

ユーグが、立ち尽くすオフェリアをうしろから抱き締めた。

「勝ったんです。僕たちが勝ったんですよ！　オフェリア！」

「――っ」

オフェリアが振り向けば、今にも泣いてしまいそうなユーグの顔があった。彼の黄金色の瞳には、いまだに状況を理解しきれていないオフェリアの顔が映っている。

「本当に……？」

「はい。割れたのは悪魔の心臓と呼ばれる石。透明になればもう復活はしないと、過去の記録が証明しています。もうあなたを不老にした悪魔はいません」

「私は、もう化け物ではない？」

「はい。オフェリアは、普通の人間です」

ユーグが返事をするたびに、オフェリアの目頭が熱くなっていく。

愛しい人の顔が滲んだ。

「きちんとおばあちゃんになれる？」

「はい。互いに顔に皺ができるのが楽しみですね」

「ユーグに置いていかれない？」

「はい。オフェリアより長生きしてみせますよ」

「――っ、ありがとう」

オフェリアは体の向きを変え、力いっぱいユーグを抱き締め返した。魔塔のローブに、涙のしみが広がっていく。

「本当にありがとう。ユーグ、救ってくれてありがとう」

「オフェリアが僕を大切に育ててくれたからですよ。弟子に選んでくれてありがとうございます。僕に、あなたを助ける機会を与えてくれてありがとうございます」

「もうっ、どれだけいい子なのよ」

溢れた涙は、しばらく止まりそうもない。

ふたりは仲間の魔術師が教会の中に入ってくるまで、抱き締め合いながら喜びを分かち合った。

＊＊＊

上級悪魔アビゴールが倒されたという報せは、魔塔グランジュールを通じて瞬く間に大陸中の魔術師に知れ渡った。

魔塔の助力があったとはいえ、上級悪魔を単独で倒した魔術師はクレス歴およそ千年の間で史上初。オフェリアは名実ともに最強の魔術師となった。

なおかつ、オフェリアの弟子は魔塔グランジュールの優秀な正研究員。優秀な弟子を育てた手腕も注目され、オフェリアは今をときめく『師匠にしたい魔術師』として人気を集めた。

彼女を紹介してほしいと、弟子入りを志願する若い魔術師や、自身の弟子を預けたいという魔術師が魔塔グランジュールに殺到する事態にまで発展したのだった。

オフェリアは、沈静化するまで旅に出ることにした。

一方で彼女の弟子ユーグはというと。

実はアビゴールとの戦いを後世の悪魔対策に役立てるため、教会には映像と音声をそれぞれ記録する最新の魔道具が設置されていた。

結果、記録解析の際にユーグの激重プロポーズまで、後日魔塔の同僚に知れ渡ってしまった。

『ユーグ君、プロポーズの言葉っていつから考えていたの？』

『ねぇねぇ！　本来はどんな風に求婚する予定だったの？』

『そもそも片想い期間の同居生活はどうだったの？』

物腰は柔らかいものの、魔塔内では寡黙でミステリアスな人物と認識されていた天才魔術師の大恋愛。

ユーグは同僚の質問攻撃に居た堪れなくなり、魔塔を飛び出した。長期休暇を一方的に申請し、旅に出るオフェリアを追いかけたのだった。

ふたりの旅は、解呪に協力してくれていた魔術師にお礼の挨拶回りや、家族などのお世話になった故人たちの墓地に足を運ぶことが主。

そして今日、オフェリアの師匠ウォーレスの墓地に挨拶をしたら、一年間の旅は終わりを迎える。

「ユーグ、ここまで全部私の都合に合わせてくれてありがとう」

墓地に向かいながら、オフェリアは言った。

「大陸各地を旅するなんて初めてだったので、どの場所も新鮮で、オフェリアの軌跡も追えて楽しかったですよ。あなたのことをもっと知れて良かった」

ユーグは微笑みながら、オフェリアと繋いでいる手に少しだけ力を入れる。

そのわずかな力加減の変化に愛情の深さを感じ、オフェリアも顔を緩ませた。

今回の旅は、オフェリアにとっても楽しい時間だった。

我慢を止めたユーグの愛情表現は、それはもう甘くて重くて可愛い。

『僕以外の弟子をとるつもりですか？　オフェリアが望むのなら反対はしませんが……簡単に頭を撫でたり抱きしめたりしては駄目ですからね。そういうのは僕だけで終わりにしてください』

『何故って？　ライバルが増えるからですよ。オフェリアは素晴らしい魔術師であると同時に、魅力的な女性なのですよ。どれだけの人があなたの虜《とりこ》になってきたか』

『その顔、信じていませんね？　まず、僕という実例があることを忘れないでください。ううん、今から忘れられないようにしましょうか』

このあとユーグを落ち着かせるのは大変だった。

しかし、そういう野獣的な面もありつつ、オフェリアから不意打ちのキスをすれば顔を赤らめる初心な面もあって……ユーグに翻弄されてばかりだったが、最近は反撃するのも面白くなってきている。

そんなことを想いながら歩いていると、目的の場所に到着した。オフェリアは、恩師ウォーレス・アルノーの墓標の前にしゃがんだ。

「ようやく戦いが終わりました。ウォーレス師匠、悲願が叶いましたよ」

白百合の花束を供え、墓標に語り掛ける。

呪いを解くために弟子を拾ったこと。

その弟子が優秀で、解呪の支えになったこと。

知らない間に多くの魔術師が味方になって、協力してくれたこと。

不老の仕組みや、解呪に用いた魔法のこと。

百年前には勝てなかった悪魔を倒したこと。

（ここまでの道のりは楽ではありませんでした。何度も挫折しそうになりました。でも今では、不幸な時間だと思っていたこの百年が、かけがえのない時間に変わりました）

この百年があったからこそ、得たものも多い。

「ウォーレス師匠が、私の師匠で良かったです。どれだけ師匠に助けられたことか」

魔法の知識や技術をはじめ、ウォーレスは何よりも諦めない心を教えてくれた。

それにウォーレスが師匠像の見本になったからこそ、オフェリアもユーグを立派な魔術師に育てることができたと思っている。

理想の魔術師を育てようとしたら、理想を超える恋人にまで成長してしまったのは想定外だったが。

とにかく幸せを手に入れられたのは、ウォーレス師匠の存在が大きい。亡きあとも、オフェリアの支えになったのは間違いない。

『どうか諦めないで。笑顔で逢える日を、先に天に行って待っているよ』

ウォーレス師匠の最期の言葉が蘇る。

以前は師匠が待ちくたびれてないか心配になり、早く再会したいと願っていた。

でも、今は——

「師匠に直接お礼を言いたいところですが、ごめんなさい。もう少し待っていただけますか？できるだけ長く生きたい理由ができました」

オフェリアが隣を見上げれば、柔らかく微笑むユーグがいた。

この一瞬すら愛しく、ユーグの笑顔を守っていきたいと強く思う。そのためには、自分はまだ死ねない。墓標に手のひらを当て、詫びの気持ちを送る。

すると、ユーグもしゃがんで墓標に手のひらを当てた。

「ウォーレス様が素晴らしい師だったと、オフェリアを通じて知りました。あなた様の教えがあったからこそ、僕も一人前の魔術師になれたと言っても過言ではないでしょう。心より感謝しています」

「ユーグ……」

「そんな尊敬するウォーレス様に、オフェリアを幸せにすることを誓います。だからどうか、安心して待っていてください。僕が、笑顔の彼女を連れていくその日まで」

ユーグは、墓標に触れていない方の手をオフェリアと繋げた。

彼の力強く、大きな手についていけば、きちんと迷わず師匠のもとへと行けそうだ。ウォーレス師匠も、穏やかな気持ちで見守り続けてくれるだろう。

オフェリアは指を絡めるようにユーグの手を握り返した。

そのとき、強い風が吹き込んだ。墓地を囲む木々が揺れ、咲いていた小さな白い花弁が舞う。まるでふたりの未来を祝福しているかのような光景。

素晴らしい未来が待っていることを予感させられる。

「ユーグ、幸せにしてくれるのは嬉しいけど、あなたも幸せじゃないと駄目なんだからね」

「僕の幸せはオフェリアが幸せであることですから、何も問題はありませんよ」

「ふふ、なら一緒に幸せになろうね。絶対よ」

「もちろんです。一緒に幸せになりましょう」

オフェリアとユーグは互いに手に力を込めて、誓い合った。

解呪の悲願が叶ったように、明るい未来を乞う願いも叶うと強く信じて。

◆エピローグ◆

旅を終えて半年後。オフェリアとユーグは挙式を執り行った。

親しくしている知人のみを招待した、ささやかなもの。それでも挙式は祝福にあふれた時間となり、ふたりは笑顔で夫婦生活をスタートさせた。

ユーグは引き続き魔塔グランジュールの正研究員として勤め、オフェリアはルシアス魔法学園の特別講師として教壇に立つ道を選んだ。

オフェリアは、弟子はユーグが最初で最後と決めた。ただ、彼女の魔法技術はとても貴重であり、教えを乞う魔術師が後を絶たなかったのも事実。

『ルシアス魔法学園なら、弟子をとらなくても、効率よく多くの魔術師に教えられますよ』

そんなクラークの誘いもあって、魔術師の卵たちに魔法を教えることにしたのだ。

ルシアス魔法学園は魔塔グランジュールとは隣町のため距離的にも通いやすく、ユーグと暮らしながら働けるのも都合が良い。

オフェリアは夫と愛を育みながら、慕われる講師として充実した時間を送ることになった。

そんな楽しい月日が経つのは早く、呪いが解けてから約四十年を迎えた。

「母さん、お茶を淹《い》れたから飲んでね」

そう話しかけてきたのは、オフェリアと同じ銀色の髪と青色の目を持つ青年だ。けれど顔立ちは、ユーグの若い頃と瓜二つ《うりふた》つ。

ベッドに横たわるオフェリアは目尻の皺を深くして、ひとり息子に微笑んだ。

「ありがとう」

「お代わりほしくなったら言ってね。俺は庭にいるから」

息子はティーカップをベッドサイドのテーブルに置くと、部屋から出ていった。

ふんわりとお茶の香りが漂ってくる。息子は普通の紅茶ではなく、薬草茶を用意してくれたようだ。香りだけで気分が華やぐ。

「優しい子に育ったわね」

「そうですね」

穏やかな表情の夫がベッドに腰掛けながら頷いた。真っ黒だった髪にはグレーが交じり、目尻にはオフェリアと同じように深い皺ができている。

それでも慈しみに満ちた黄金色の眼差しは、六十歳を越えても変わらない。

（ユーグに出会えて本当に良かったわ）

不老で苦労した時間は長かったけれど、夫と出会ってからの人生は楽しい時間で満ちていた。

今日もそうだ。ユーグは変わらずオフェリアを一途に愛してくれるし、可愛い息子も得ることができた。

その息子も良き伴侶を得て、新しい家庭を築いている。窓から外を見れば、庭でシートを広げて妻子とともに楽しそうにお茶をしている姿が見えた。

不老によって一度は失った家族が、別の形になって自分のそばで輝いている。単なる窓枠が、世界で一番高価な額縁に見えるではないか。

この尊い一瞬が、まもなく死期を迎える自分に対する神からのご褒美に思えてくる。

「ユーグ、不老から救ってくれてありがとう」

オフェリアは、年を重ねてしわしわになった手を最愛の夫の手に重ねる。

「あなたのお陰で、私は長年の夢だったおばあちゃんになれたわ。しかも、こんなに幸せなおばあちゃんに」

「僕も、オフェリアと同じ速度でおじいちゃんになれて嬉しく思います。夢が叶いました」

ユーグは手を返すと、重ねていたオフェリアの手を優しく握った。

自分よりずっと大きく、温かい大好きな手だ。いつまでも繋いでいたくなるけれど……。

オフェリアは軋む身体を起こし、ユーグと隣り合うように座った。

「私は先に天に向かうけれど、ユーグは急いで追いかけてこないでね」

「どうしてですか？」

「あの子たちとの思い出をたっぷり持ってきてほしいの。頼める？」

オフェリアは、窓の外を見つめながらお願いをした。

唯一の心配ごとは、残していく夫のことだ。彼は、あまりにも妻を愛しすぎているから。

すると、ユーグの口からクスリと笑いが零れる。

「抱えきれないくらい持っていきましょう。でも、オフェリアも分かるところで僕を待っていてくださいね。ウォーレス様の墓前で、僕が連れていくと約束したんですから」

「ふふ、そうだったわね。のんびり待っているわ」

安心して旅立てそうだ。

オフェリアがユーグへと頭を傾ければ、支えるように彼の手が肩を抱いてくれる。

ちょうど庭では、孫が蝶《ちょう》を追いかけて走り、息子夫婦はそれを笑顔で見守っていた。なんて愛らしい光景なのか。

心から素敵な人生だったと思う。

「私は世界一の幸せ者だわ」

「残念ながら、一番は僕だと思いますよ？」

「言ったわね」

部屋の中に、笑い声が柔らかく響く。

ふたりは寄り添いながら、しばらく庭を眺めたのだった。

あとがき

この度は『呪われオフェリアの弟子事情～育てた天才魔術師の愛が重すぎる～』をお手に取ってくださり、誠にありがとうございます。著者の長月《ながつき》おとです。


突然ですが、ヒーローは年上派、年下派、それとも同い年派ですか？

年上が持つ余裕ある包容力と、ときどき見せる少年のような笑み。ギャップが良い。

年下が持つ背伸びをして頑張る健気さと、ときどき見せる男の顔。ギャップが良い。

同い年が持つ共感性と、不意に見せる主人公が知らなかった一面。ギャップが良い。

なんとも悩ましく、ひとつに絞れない。なら全部乗せしてしまおう！

そんな使命感を引っ提げて、執筆をさせていただきました。

ちなみに本作が生まれたのは、某ＳＮＳの執筆お題が出る占いで『監禁する方法を潰してしまった弟子』という結果が出たのがきっかけ。

弟子と言えば、基本的に年下。

なんと当時の長月は年上ヒーロー派だったので、実はノリノリではなかったのです。

ですが、どういうことでしょう。

スタートしたら「年下ヒーロー書くの、超楽しい！」と目覚めてしまったではありませんか。

最初は短編だったのですが、気付いたら長編版まで書いていました。

しかも商業化までしていただけて嬉しい限りです。

そう。商業化したらプロのイラストレーター様がキャラを具現化してくれるんです！

この度は黒裄《くろゆき》先生が手掛けてくださったのですが……見た瞬間に尊死しました。

オフェリアの、なんと美しいことか！　ツンな表情は可愛いし、挿絵ごとに違う服も全部可愛いし、理想とする綺麗なお姉さんそのもの。誰もが目を奪われる美人さんです！

そしてユーグの少年期は可愛く、大人になるにつれで格好良さがしっかり増していく。丁寧に成長過程を表現してくださった挿絵は、まさにユーグのアルバム！

表紙には、ふたりに関連する物が散りばめられていて最高の一枚になっています。

また本作はコミカライズの企画も進行中。皆様にお届けできるよう関係者様と協力してまいりますので、楽しみにお待ちくださいませ。

最後になりますが、背中を押してくれたRさんとSさん、WEB版から応援してくださった読者様、素晴らしいイラストを描いてくださった黒裄先生、今回もサポートしてくださった担当者様、本作の刊行に携わっていただいたすべての方に感謝申し上げます。

長月おと

ファンレターはこちらの宛先までお送りください。

〒110-0015　東京都台東区東上野2-8-7
笠倉出版社　Niμ編集部

長月おと 先生／黒裄 先生

呪われオフェリアの弟子事情
～育てた天才魔術師の愛が重すぎる～

2024年5月1日　初版第1刷発行

著　者
長月おと

発 行 者
笠倉伸夫

発 行 所
株式会社　笠倉出版社
〒110-0015　東京都台東区東上野2-8-7
[営業]TEL　0120-984-164
[編集]TEL　03-4355-1103

印　刷
株式会社　光邦

装　丁
AFTERGLOW

ISBN　978-4-7730-6436-0
Printed in Japan